SÉVERINE VIDAL

ILLUSTRATIONS DE ANNE-LISE COMBEAUD

Le feuilleton des Incos

En partenariat avec l'Association le Prix des Incorruptibles

ÉDITIONS SARBACANE

*Pour Jérôme, Thélio, Ninon, Fantine et Rayne
qui étaient là avec moi, sous le ciel rouge
d'un soir de juillet, pour découvrir
ce lieu magique, Monument Valley.*

En souvenir du vrai Chad.

− 1 −
L'ENVOL

Sans prévenir, Solal m'a sauté dans les bras. Et puis il m'a serrée comme si on n'allait plus jamais, jamais, jamais se revoir. Il m'a chuchoté « notre » phrase au creux de l'oreille, et moi j'ai simplement laissé sa petite haleine mi-sieste, mi-Nutella faire le chemin jusqu'à moi :

« *Je t'aime ma sœur la Lune du fin fond de l'univers des étoiles du monde de la Terre entière jusqu'à l'infini !* »

– Allez, lâche ta sœur, mon chéri. murmure maman en essayant de l'arracher de moi. On va rater l'avion !

Mais Solal sait très bien qu'un mois, c'est long : il a converti en nombre de dodos. Alors il me serre encore plus fort.

– Allez, bonhomme ! se marre papa en tirant à son tour. Arrête de faire le koala sur sa branche !

La branche, c'est moi : Luna. Et cet été, notre arbre familial en prend un sacré coup, puisque je pars un mois aux États-Unis avec maman pendant que mon petit frère reste ici avec papa. C'est la première fois qu'on fait « vacances séparées », mais on n'avait pas le choix. Maman est maquilleuse pour le cinéma : un tournage en Arizona, *ça ne se refuse pas*. D'ailleurs, elle avait des milliards d'arguments pour m'emmener avec elle. Moi, j'aurais préféré faire comme d'hab : une semaine en Bretagne chez papy et deux semaines avec les parents de Julia dans les Landes, ça m'allait très bien. Mais non, elle est restée ferme :

– Ne râle pas trop, Luna : un mois aux US, tout le monde en rêve ! Tu vas parler anglais, découvrir une autre culture, voir du pays…

– Mouais. Je vais surtout explorer l'intérieur de ta caravane, non ? Parler anglais, au mieux, ce sera avec Odette… qui est loin d'être bilingue, je te rappelle !

Elle a souri ; faut dire qu'Odette est ma poule en peluche (enfin ce qu'il en reste, après onze ans de bons et loyaux services, dont au moins quatre passés à lui téter les plumes... On dirait plutôt la version « *nuggets* » d'Odette).

Viviane Aigly-Sibelius – alias ma mère – a clos le débat à sa manière : un simple « *Luna, tu exagères* », suivi d'un rapide double claquement de mains qui veut dire « point final » (ma mère est experte en ponctuation mimée).

Comme je restais là sans bouger, elle a ajouté un petit mouvement de menton en direction de l'escalier, qui signifiait : « *Monte dans ta chambre et commence à faire tes valises !* » (bon, en fait ma mère est experte en mime tout court).

Et nous y voilà. Tous les quatre emmêlés devant le taxi qui n'attend que maman et moi. Solal a les larmes aux yeux, papa n'en mène pas large.

Je leur souffle sans conviction que 33 dodos, c'est rien, à l'échelle d'une vie.

Papa répond que 33 dodos, c'est quand même beaucoup à l'échelle d'un été.

Il n'a pas tort. Je l'embrasse en me collant contre lui. Dans mon dos, j'entends Maman qui promet à Solal de lui rapporter « des vraies flèches d'Indien navajo ». Et puis, d'une main douce mais ferme, elle me pousse dans le taxi ; le chauffeur a déjà démarré quand la voix de Solal arrive jusqu'à nous :

– Nava quoi ?

C'est bête, mais ces deux petits mots de rien, ça m'arrache les larmes du départ. En me retournant, je vois leurs silhouettes devenir petites, toutes petites… si petites que je pourrais presque les mettre dans ma poche et les emmener avec moi, tiens. C'est malin.

Autoroute, aéroport, embarquement et puis, très vite, dans l'avion (à vue de nez, je dirais au-dessus du Décathlon d'Alençon), je comprends un truc : le plus pénible, sur le trajet, ça ne sera pas les onze heures de vol, ni la purée de brocolis prémâchée comprise dans le prix du billet, ni les mauvais films en doublage québécois.

Non : le pire du pire, ce sera **MA MÈRE**.

Ma mère qui m'agrippe le genou au décollage, parle tout le temps, exige la place près du hublot, s'endort sur mon épaule, ronfle à pleins poumons, raconte sa vie aux hôtesses de l'air – et va sans doute me mettre la honte en applaudissant à l'atterrissage.

Moi, j'adore ça, les voyages en avion : voler, rêver, faire le bilan de l'année en regardant les nuages, observer les petits rituels des passagers en stress...

Mais le meilleur, c'est pas ça.

Le meilleur, c'est **MA MÈRE**.

Ma mère qui a réussi à passer des *Kinder Bueno* en douce, me confie des anecdotes marrantes sur la star qu'elle devra maquiller cet été (Charlize Theron en personne !!!), me pose son foulard sur les épaules quand je grelotte, colle un de ses écouteurs dans mon oreille au moment de *Vampire Weekend*, m'autorise une gorgée de son verre de vin rouge – et m'embrassera sans doute à l'arrivée à Phœnix en criant que L'AVENTURE COMMENCE.

Ma mère, quoi. Ma mère qui m'agace et que j'adore. Qui me fait rire et me fait honte, le tout en même temps. Viviane Aigly-Sibelius.

Pas n'importe qui.

* * *

Notre voiture de location avale les kilomètres. Plus de 600 miles à parcourir avant d'arriver à Monument Valley. On a traversé la banlieue de Phœnix : des résidences, des motels, d'immenses centres commerciaux, des stations-service, des panneaux de pub géants pour des avocats ou des chirurgiens qui posent tout sourires comme s'ils voulaient se vendre eux-mêmes… La ville, quoi. Mais en version XXL.

On roule maintenant depuis deux heures en plein désert, il y a des cactus par milliers, une ou deux rares maisons, et partout cette terre rouge.

Poussière tombée de Mars…

Le choc.

Je m'amuse à chercher des formes dans les rochers qui bordent la route : colonne vertébrale de lézard géant, immense bouche ouverte pleine de crocs, remparts de château fort…

Je crois que je n'ai jamais rien vu d'aussi beau. On ne parle même plus, maman et moi. Souffle coupé. Pas besoin de mots. C'est simple : j'ai mes poils de bras qui se dressent tellement c'est chouette !!

Le voyage file tout seul, le spectacle est là, juste au bord du chemin.

Près d'une petite ville, on s'arrête pour acheter de quoi manger, au Taco Bell.

Je sors de la voiture. Trois pas entre la clim et le fast-food, trois pas sous le soleil écrasant, et je la sens : une sorte de… morsure ! Il fait 50 degrés ici, le ciel est d'un bleu différent, un bleu brûlant (ça existe ??) ! Ça y est, je suis ailleurs (et je cuis comme un poulet rôti !).

Maman me rejoint sans que je l'entende venir, m'attrape par la taille.

– Devine où on dort ce soir, ma belle ? Dans la réserve navajo !

– Ah bon ? C'est un État à part pour les Indiens ou quoi ?

– Monument Valley appartient aux Navajos : c'est une réserve qui se trouve en Arizona, juste à la frontière avec l'Utah. Tu comprendras mieux là-bas, il y a un musée.

– Un musée ? Waouh !… mais c'est que ça va être géniaaal, ces vacances !

– Plains-toi ! Tu te rends compte de la chance que tu as ?

– Rhôô ça va, je rigole !

– Enfin, bref. Le camp de l'équipe du film est installé juste au pied des monuments, ça va nous faire une vue très chouette depuis la caravane.

– Le film s'appelle comment, au fait ?

– *Mille et une façons de mourir en Arizona.*

– C'est bien ce que je disais : ça va être sympa, ces vacances !

Maman a son petit sourire en coin, celui que j'aime bien.

Au fast-food, on achète des donuts, des nuggets, des frites, des tacos pleins de sauces et des litres de soda glacé couleur malabar. Rien que des bons produits frais, bio et tout.

Entre nous, ça me change des steaks de tofu aux graines germées que ma mère adore nous cuisiner. Là, je vois bien qu'elle prend sur elle, les ongles plantés dans ses frites, pour me faire plaisir.

— Profite, ma fille. Dès qu'on rentre en France, tu es bonne pour manger du vert pendant un mois à tous les repas. Laitue et poireaux matin, midi et soir !

Une fois remontée en voiture, j'allume la radio : une vieille chanson des années 80 m'agresse aussitôt les neurones.

— Wham* ! Toute mon adolescence !!! lance maman en sautillant sur son siège.

— Ma pauvre, comment vous faisiez pour supporter ça ?

Sans réagir à ma vanne, elle démarre la voiture. Je grince des dents : Maman se met à chanter, elle connaît les paroles par cœur.

Ouh là, ça ne s'arrange pas. Il venait à peine de muer, le chanteur ?!

Voilà Maman qui s'agite, invente une petite danse avec la tête et le bras qui ne tient pas le volant.

* J'ai cherché, pour voir à cause de qui ma mère se déhanchait comme ça en couinant. Voilà ce que je vous ai trouvé sur Internet : W<small>HAM</small> ! *est un groupe créé au début des années 80 qui remporta un grand succès à travers le monde.* « Wake me up before you go-go » *est un de ses titres.*

Pa-thé-tique. Ma mère a 15 ans à nouveau, et je vais vous dire : c'est pas joli-joli.

– *Wake me up… before you go-go* !

Allez, c'est à mon tour de prendre sur moi pour lui faire plaisir : je ne coupe pas le son et on reprend la route.

– Tu m'apprends ta chorégraphie, maman ?

Vive les vacances.

- 2 -
TOUT L'ÉTÉ ICI

Y a pas de doute : je suis maudit par tous les dieux de notre tribu.

Mon père m'avait pourtant PROMIS que cet été, je pourrais quitter la réserve pour passer du temps chez mon oncle, à Phœnix ! Concerts, piscine et même un week-end à Las Vegas : tout était arrangé.

Et puis, ma chère grande sœur Doli a brusquement décidé de faire sa *kinaalda** et, à ce qu'il paraît, si je ne suis pas là pour cet événement crucial, c'est un drame. Moi,

* Fête traditionnelle navajo, dite « cérémonie de la puberté ». Avant cela, les Navajo ne peuvent pas aider à la cuisine et au ménage.

je reste à peu près sûr que la Terre continuerait de tourner, mais j'ai bien compris que ça ne servait à rien de me battre… Résultat, mes rêves de vacances à Phœnix sont morts, ils brûlent sous le soleil de la Vallée et je suis vert de rage. Vert de rage pour un Peau-rouge, avouez que ça part bien.

Ce sera donc un été comme tous les autres ; comme les dix étés précédents. Je vais aider ma mère et mes sœurs à fabriquer les bijoux navajo et les attrape-rêves** pour les vendre aux touristes… Dans le meilleur des cas, je pourrai leur faire traverser la Vallée à cheval. Et si mon frère Chad me laisse venir, je ferai les visites en 4x4 avec lui.

Chad, il est guide : les gens l'adorent. Faut dire qu'il sait les raconter, les histoires de notre peuple, les traditions, les légendes… Il connaît la réserve sur le bout des doigts – aucun virage, aucun rocher n'a de secret pour lui et du coup, il sait où s'arrêter pour prendre de belles photos, dans quel hogan*** on fera une jolie

** Petit objet artisanal censé empêcher les mauvais rêves de peupler le sommeil.
*** Maison traditionnelle navajo.

natte indienne aux fillettes pour 1 dollar seulement, et à quelle heure le soleil inonde les monuments du plus flamboyant des rouges.

À la fin des visites, il a en général droit à de beaux pourboires, on lui serre la main en glissant les dollars en douce, au creux de sa paume, et il fourre tout dans ses poches sans regarder : c'est en rentrant chez nous qu'il compte son argent sur le lit. Cette année, il m'a promis de partager si je l'accompagne (hum, j'suis un peu échaudé côté promesses, mais Chad c'est différent ; on peut avoir confiance).

– Josh ! On a besoin de toi ! Embouteillage dans la grande descente !

Mon cousin King Arthur m'appelle, en panique totale. La route qui passe sous le musée est encombrée : une rangée de voitures attend désespérément de pouvoir sillonner la Vallée, car des camions bloquent le passage. King Arthur, c'est de l'Indien à l'ancienne, immense et costaud, avec une longue natte qui dépasse de son chapeau de cow-boy bien enfoncé sur le crâne ; droit dans ses Santiags, il fait de grands gestes pour

débloquer l'embouteillage et je remarque que les touristes n'ont qu'une trouille, c'est qu'il abatte son poing sur leur capot !

J'accours pour l'aider à faire la circulation.

– Regarde-les s'embourber ! Ils se sont coincés pour de bon, ces nuls ! râle King Arthur en observant le ballet des camions – énormes, de vrais monstres de métal – et des camping-cars qui s'épuisent à essayer de dégager leurs roues ensablées.

– Tu les aides pas ?

– Je les laisse un peu mariner. Ils ont cru qu'ils pouvaient s'en sortir tout seuls ? Ils voulaient pas de moi pour les guider alors qu'ils connaissent pas le coin ? Alors j'attends. Je savoure et j'attends. Et au passage, ils me donneront 20 dollars pour les avoir sortis de ce bourbier. Ah, les artistes d'Hollywood… ils pensent savoir tout mieux que les autres !

– C'est l'équipe de cinéma ?

– Ouais, mon gars. Quatre semaines à les supporter. Et cette année, y a une STAR dans une de leurs caravanes grand luxe. La blonde, là… comment elle s'appelle déjà ? Charline Tyron ?

– *Charlize Theron ?!* Waouh ! J'espère qu'elle voudra faire un tour des monuments avec Chad et moi, je lui agiterai l'éventail pour qu'elle n'ait pas trop chaud !

– Pfff… Grandis pas trop vite, moustique !

Je décampe d'un bond, esquivant de justesse la petite tape « amicale » qu'il allait m'envoyer sur l'épaule (foulure garantie). Il faut maintenant que je me poste au bord du chemin de terre, et que j'explique aux touristes coincés dans l'embouteillage ce qu'ils doivent faire. Conduire et manœuvrer dans la terre sèche de Monument Valley, ça ne s'improvise pas... et même, ça demande de l'entraînement !

Une voiture s'arrête à mon niveau. La conductrice baisse sa vitre et me demande (avec un gros accent français) si je sais ce qu'il se passe.

– Il se passe que les gens de cinéma sont incapables de conduire dans le sable ! C'est tout.

Elle rigole, puis m'explique qu'elle est maquilleuse sur ce film, qu'elle vient d'arriver et qu'elle va justement rejoindre l'équipe. Oups.

– J'ai fait une gaffe, alors ? Désolé.

Elle me regarde du coin de l'œil, souriante.

– Non, aucun souci. Je ne les connais pas encore, et puis je comprends qu'on vous agace à débarquer comme ça. C'est un peu *Les envahisseurs*. Tu as quel âge, toi ?

J'aime pas trop ça, les questions personnelles, mais elle me fait pitié : elle semble crever littéralement de chaud, et elle se donne quand même du mal pour me faire la conversation... c'est sympa.

– Onze ans.

– Ah ? Comme ma fille, Luna.

Et elle la désigne, sa fille de onze ans comme moi, assise à la place du passager. Je me baisse pour lui dire bonjour à travers la vitre, et je vois…

… Luna. Une fille qui a l'air de se réveiller tout juste et ne daigne même pas se tourner vers moi. Le genre princesse ? Je ne vois que ses cheveux, tout bouclés, couleur soleil de midi.

– Elle dort encore, je crois. Des fois, elle est plus aimable. Hein, Luna, des fois t'es plus aimable ?

La fille se met vaguement à grogner, je hausse les épaules. Autre chose à faire que de m'occuper d'une demi-touriste de mauvaise humeur.

Devant leur voiture, la route se dégage enfin.

– Vous pouvez avancer doucement sur le chemin, madame. Quand vous descendrez, regardez bien où vous marchez : le début de soirée, c'est l'heure où les bestioles sortent.

– Quel genre de bestioles ?

– Serpents, scorpions, tarentules et veuves noires. Que des trucs mignons.

– Tu plaisantes ? Quelle horreur !

– Non c'est vrai, restez sur vos gardes ! Ah, et fermez bien la porte de votre caravane !

– Compte sur moi ! À la prochaine !

Elle remonte sa vitre sans voir mon petit sourire moqueur. Je suis content de ma trouvaille, tiens : le coup des scorpions et des araignées, ça marche à chaque fois ! Avec ça, elles ne risquent pas de m'oublier, les deux Françaises !!

La voiture redémarre, dans un nuage de poussière rouge. Je tousse à travers le col de mon t-shirt en les suivant des yeux, assez longtemps en fait, sans savoir vraiment pourquoi. Et puis, juste avant que la voiture ne s'engage dans la descente, la fille « soleil de midi » se retourne vers moi et me regarde à travers la vitre arrière.

Je la suis des yeux.

Petit coup au ventre, j'ai déjà envie de la revoir.

Sans savoir vraiment pourquoi.

– Elle te plaît, la Française ? me demande King Arthur en surgissant dans mon dos – il s'essuie la terre qu'il a sur les lunettes noires.

– N'importe quoi ! Arrête ton délire tout de suite, cousin. Bon, tu me libères ?

– Ouais, vas-y. Merci pour ton aide.

– Au fait, s'ils cherchent des jeunes et beaux Indiens pour un rôle de figuration, parle-leur de moi, d'acc ?

Dans la vallée, l'équipe de tournage pose son campement, formant un grand cercle au pied des roches. Je contemple un moment le spectacle de leur installation, en buvant un Coca glacé à la terrasse de l'hôtel.

On a l'habitude. Depuis les westerns des années 40 – les films de cow-boys avec John Wayne –, Monument Valley est très prisé par les réalisateurs de pub, de cinéma, et même de clips. Cette année encore, les voilà qui déboulent d'Hollywood, pour une comédie d'aventure à gros budget. La suite, je connais par cœur. Pendant des semaines, ils vivent là et se font apporter dans d'énormes camions-bus leur matériel de tournage, des cuisines super luxe, des salles de musculation, une caravane de maquillage et des tas d'équipements ultra-modernes qu'ils remballent à la fin.

Nous, on observe le manège. De très haut.

Cela dit, je comprends qu'ils soient prêts à payer pour tourner des films ici.

Parce qu'ici, c'est le paradis : dans la Vallée des Rocs – *Tsé Bii'Ndzisgaii* en langue navajo –, on vit entourés par de gigantesques formations rocheuses. Elles ont des formes incroyables ! Et ces géantes semblent nous surveiller, ou plutôt nous protéger. Des lieux sacrés. Ici, quand le soleil se couche, tu vois des couleurs qui n'existent nulle part ailleurs, un feu qui embrase tout, qui nous relie à nos ancêtres !

Parfois, j'oublie que c'est si beau, si extraordinaire. Il m'arrive même d'en avoir marre. Marre de grandir ici, « au milieu de rien, loin de tout », comme dit ma sœur... Mais dès que je m'en éloigne, même pour quelques jours, le retour me rappelle que je suis bien d'ici. Que cette Terre est à moi autant que je lui appartiens. À l'instant où je franchis le grand virage après Gouldings Road, petit rituel, je respire l'air puis je ferme les yeux et les rouvre aussitôt après : mes monuments sont toujours là, rouges, orange, ocre, bruns. Ils m'accueillent, majestueux, et leur beauté m'atteint chaque fois pareil : en plein cœur.

Ma mère est convaincue que si j'ai été forcé de rester ici cet été comme ça, c'est le signe que quelque chose va m'arriver.

Croyance indienne.

Pfff.

Rien ne va m'arriver. Comme à chaque été, la vie va s'écouler doucement, sans romance ni aventure.

J'ouvre la porte de la maison. Mon frère compte ses sous sur la table, Doli essaie la robe traditionnelle pour sa fête, ma mère écoute la radio en préparant à manger.

– Hello Doli !

– Yo, frangin ! Alors, t'as aidé King Arthur ?

– Ouais, Hollywood a débarqué. Mais tout va bien, on a dégagé la route. Rien à signaler.

– Il paraît qu'il y a une actrice hyper connue dans le film, tu l'as vue ?

– Non, j'ai vu personne d'intéressant. Que des techniciens en tongs.

Et aussi une fille mal réveillée, qui m'a fait un petit signe juste avant de disparaître dans la poussière.

Un signe ?

Pfff.

Croyance indienne…

BONUS 1

« Zoom sur un personnage ~~secondaire~~ essentiel : Odette »

ODETTE AVANT
(quand Luna ne l'avait pas encore choisie comme ~~doudou~~ tétine pour la vie)

Regard vif

Teint de porcelaine

Haleine fraîche

Plumage flamboyant

Port de tête plein de dignité

* Swag de Poule *

ODETTE APRÈS
(après 11 ans d'amitié fusionnelle)

* Reste de Poule *

- 3 -
FAUX DÉPART

Odette, on s'en serait douté, a une conversation plutôt limitée. Je me demande bien pourquoi elle est du voyage, tiens ! Maman est partie très tôt ce matin farder les paupières des stars, et me voilà toute seule dans la caravane, avec ma poule en peluche.

À scruter très minutieusement le plafond.

À grignoter plein de céréales bizarres (avec des petits morceaux de marshmallow de toutes les couleurs dedans), en plongeant direct ma main dans le paquet (ça fera toujours de la vaisselle en moins).

À m'étaler du vernis sur les doigts de pied (une teinte par orteil, la classe. C'est l'avantage d'avoir une mère maquilleuse : elle est bien équipée !).

À jouer à *Ni oui ni non* avec Odette (qui gagne toujours).

À m'ennuyer comme un rat mort, quoi.

Sur la table, je trouve un mot de ma mère attaché vite fait au paquet de céréales avec un trombone :

> Ouvre les rideaux : c'est FOU, non ?
> Je t'ai réservé une visite guidée de la Vallée en 4x4 pour cet après-midi.
> Tu as rendez-vous à 16h avec un certain Chad, il passe te chercher ici. Prends tes lunettes de soleil, une casquette, de la crème indice 70, et une bouteille d'eau.
> À ce soir. Je t'aime !
> Mam'

Bien obligée d'admettre que le paysage est à couper le souffle – et même un peu intimidant, en fait. Ces monuments doivent mesurer des centaines de mètres de haut. En effet, c'est fou !

Au moment du départ, Papa m'a dit que j'allais sûrement reconnaître les décors de ses westerns préférés, *Il était une fois dans l'Ouest* et *La chevauchée fantastique* – j'ai rien dit pour ne pas le vexer, mais je n'ai jamais entendu parler de ses films de cow-boy !… Ce que ça me rappelle, c'est plutôt le dessin animé *Cars,* qu'on a dû se passer mille deux cent cinquante fois avec Solal.

Bon, faut que je me dépêche : j'ai dormi longtemps à cause du décalage horaire, pas mal traînassé aussi, et le rendez-vous est dans 25 minutes. C'est-à-dire tout juste le temps de finir le petit dej (20 secondes), de me doucher (3 minutes), de choisir ma tenue (14 minutes) et de vérifier dans le miroir que tout est correct (faites la soustraction vous-mêmes, je suis trop fatiguée pour le calcul mental !)…

Je suis encore en train d'arranger les derniers détails, après avoir changé trois fois de tee-shirt, quand j'entends des voix devant la caravane.

Ouïlle, le trac. Je ne connais pas ce Chad, et mon anglais doit être pas mal rouillé, même si j'ai des restes du temps que j'ai passé en Angleterre (maman avait trouvé un job de maquilleuse dans un théâtre à Londres, j'ai fait toute l'année de CE2 là-bas !).

Allez, j'ouvre la porte...

... à un gigantesque Indien, baraqué, couvert de tatouages, en jean, baskets et casquette dernière mode. Il me fait un vague sourire, tend le menton et me lance :

– *Haa a'nit'é ?*

Apparemment, il me croit navajo de naissance !? Pourtant, mes bouclettes blondes auraient dû l'aiguiller !!...
Je bredouille :

– Euh... oui, bien, merci. Et vous ?*

* En anglais, enfin mon anglais à moi, ça donne : « *Euh, yes, fine, thank you. And you ?* » Mais je vais pas vous traduire toutes les conversations, non plus. Pour la suite de mon histoire, dites-vous bien que je parle en anglais (avec accent français en prime). Je traduirai les phrases en navajo. Parce que je suis sympa. On dit : merci, Luna.

C'est pas que j'aie compris quoi que ce soit à ce qu'il m'a dit, hein ; mais je me doute bien que ça doit être un genre de « ça va ? » local.

– *O'o. Ah – sheh – heh !!!**

Oups.

Peut-être pas, en fin de compte. Là, je panique, parce qu'il a l'air de s'énerver, et puis je me dis que ça ne va pas être évident de se parler quatre heures comme ça, par devinettes… quand j'entends quelqu'un derrière qui lui dit, dans un éclat de rire :

– OK Chad, c'est bon, on a compris : t'es indien. Maintenant, parle-lui en anglais, elle a capté le message.**

Hé, cette voix…

C'est une voix que je connais.

Une voix qui vient finalement se planter devant moi et me tend la main :

– Bonjour ! Moi c'est Josh, et lui c'est mon frère Chad. On t'emmène visiter Monument Valley. En route !

* « Oui. Merci !!! » En langue navajo.

** Il lui dit ça en anglais, bien sûr. Vous avez compris le principe ? OK, je vous lâche avec ça.

Le garçon d'hier. Celui qui parlait avec ma mère dans la poussière rouge, à notre arrivée.

Celui qui m'a suivie des yeux quand je me suis retournée.

– Ah, d'acc ! Euh, salut. Je… je suis prête.

Chad, le grand frère, tient néanmoins à m'adresser tout un tas de recommandations, n'oublie pas ta crème solaire, regarde où tu marches dehors et ne quitte JAMAIS la piste (on dirait ma mère – enfin, ma mère avec 30 centimètres de plus, une casquette de football américain et un aigle tatoué sur le bras !). Moi je réponds oui à tout, j'attrape mon sac à dos et me voilà sur la banquette arrière de leur vieux camion rouillé.

Qui a dû être un 4x4, dans une vie antérieure.

On démarre. À l'avant, Chad parle en continu, Josh ne dit pas un mot.

Je suis juste derrière. J'écoute l'un, je regarde le profil de l'autre.

Enfin, je *crois* que j'écoute, en vérité je me laisse bercer. Ce sera impossible de raconter la journée à ma mère, ce soir : je ne vais retenir aucune anecdote, aucune histoire d'Indiens, aucune date marquante, rien. Le paysage, cette drôle de rencontre, tout ça me donne une sensation si... irréelle. Je devrais être en Bretagne, et je suis là.

Josh se retourne de temps de temps, me sourit.

On a dû rouler dix minutes quand tout à coup, un grand bruit !

La voiture cale. Chad descend en lâchant une rafale de gros mots, d'abord en anglais (non, je ne traduirai pas, inutile d'insister), puis en navajo (là, je devine seulement, mais vu qu'il s'est mis à balancer des coups de pied dans les roues de sa voiture, je me doute qu'il ne récite pas l'horoscope du jour).

Ensuite il sort son portable, passe un coup de fil, et je comprends : la voiture est bonne pour la casse, quelqu'un va venir nous chercher, la visite est annulée, ils sont désolés. Marrant : l'aigle tatoué, qu'on voit sur le bras de Chad, a l'air de vouloir prendre son envol. Je hausse les épaules pour leur dire : « Pas d'vot'faute » en langage universel.

Josh me tend sa bouteille d'eau glacée. Quand je l'attrape, nos mains se frôlent, je rougis comme une idiote (j'ai toujours été incapable de contrôler ça, mais plus je grandis, plus ça empire !). Il me dit :

– Ma sœur fait une fête demain – c'est une cérémonie navajo. Ça commence à midi. Je t'invite, si tu veux !

– Mais je ne connaîtrai personne…

– On fera connaissance, alors. T'en fais pas : ils sont sympas, les gens de ma famille. On ne scalpe plus les invités, tu sais !

Il rigole franchement. Moi aussi, du coup.

Et si j'étais en train de me faire un ami ?

Finalement, c'est leur cousin King Arthur (quel nom ! Et il est encore plus costaud que Chad !!) qui est venu nous dépanner. En chemin, je lui demande de me déposer près de la caravane où ma mère maquille son petit monde. Chad s'excuse encore dix fois et ils repartent à trois, tout penauds (enfin, c'est l'impression qu'ils me donnent, vus de dos).

– Salut Maman ! On a eu une panne de voiture, c'est remis à demain.

– Oh désolée ma puce. C'est vraiment pas de chance ! Qu'est-ce qu'il fait chaud... Entre vite, c'est climatisé. Tu n'es pas trop déçue, dis ?

– Non, pas de souci. Ils sont plutôt chouettes.

– Ils *sont* ?

– Ouais, y avait aussi le frère de Chad. Tu sais, le garçon d'hier...

– Ah oui, tu veux dire le trèèès mignon garçon d'hier ?

– Mmm. Ça va. Il est gentil.

Je passe donc l'après-midi avec ma mère. Je la regarde maquiller les acteurs. Pas de star aujourd'hui, mais plein de figurants et quelques seconds rôles. Tout le monde est détendu. J'ai même eu le droit de barbouiller moi-même du faux sang sur un acteur qui meurt dans le film, attaqué à la gorge par un lion des montagnes.

Une des mille et une façons de mourir en Arizona, paraît-il.

Faudrait peut-être avoir la liste des mille autres, non ? En prévention !

- 4 -
L'OISEAU BLEU

À midi, je suis allé chercher Luna à sa caravane. Quand on est arrivés, la cérémonie venait de commencer. Je lui ai tout expliqué sur le chemin jusqu'à notre maison, pour qu'elle ne se sente pas trop perdue.

Chez les Navajos, la *kinaalda* est une fête très importante ; c'est « le » rite de passage pour les jeunes filles de quinze ans, entre la fin de l'enfance et l'âge adulte. Quatre jours de cérémonie pendant lesquels toute la famille se retrouve, chante, danse et communie, après des semaines de préparation.

Pour l'occasion, Doli avait donc lâché son habituel uniforme « jean + chemise à carreaux » pour revêtir une magnifique robe traditionnelle tressée, ainsi qu'une ceinture ornée d'un oiseau bleu, des jambières et des mocassins brodés de perles. Elle avait attaché ses cheveux avec un lien en peau de daim sacré.

Il aurait fallu photographier la tête de Luna quand elle a découvert tout ça ! Elle restait là, près de moi, bouche bée, à observer tout dans le moindre détail, comme si elle essayait d'en faire un dessin de mémoire après, ou un exposé à la rentrée... Elle me posait des tas de questions, je lui servais de guide. Et je m'y connais, je peux vous dire.

– Pourquoi tous ces oiseaux bleus ? Il y en a partout : gravés sur les bijoux, peints sur les murs...

– Le nom Doli signifie « oiseau bleu » dans notre langue. On a choisi ces motifs pour l'honorer, tu vois ? On a tous un prénom indien qui veut dire quelque chose de particulier. C'est un nom qu'on nous donne en fonction de notre caractère, de notre physique ou des circonstances qui ont entouré notre naissance. Mon frère Chad, c'est « Astah », l'aigle.

– Ah, d'où le tatouage… Et toi, Josh, c'est quoi ton nom indien ?

– Je suis Yas, ça veut dire neige. Je suis né en plein hiver, une nuit de tempête. C'était tout blanc autour de la maison, voilà l'explication !

– J'adorerais avoir un nom indien aussi, moi. C'est la grande classe.

Ma famille a accueilli Luna comme une des leurs. Elle a goûté au pain de maïs traditionnel, cuit par Doli dans le four en terre. Ensuite, on a assisté à la cérémonie des cadeaux : tous les oncles, les tantes, les cousins et les grands-parents ont offert à ma sœur des bijoux motif « oiseau bleu » (c'est pratique, ça va avec tout !) – bague, boucles, colliers, bracelets... et puis du matériel de tissage et de quoi faire les teintures (mais pas le *smartphone* dernier cri qu'elle rêvait d'avoir : que du fait main, de l'artisanal !).

C'est comme ça depuis des générations, et on perpétue la tradition. Pendant les danses sacrées, ma mère m'a chuchoté quelques mots à l'oreille en désignant Luna... qui, bien sûr, a remarqué qu'on parlait d'elle (je crois vraiment que les filles ont un don pour ça !).

– Qu'est-ce qu'elle a dit, ta mère ? Elle parle de moi ?

– Ouaip, elle veut que tu ailles t'asseoir près d'elle. Euh, je te conseille d'obéir, il paraît qu'elle a forcé Obama à s'excuser de lui avoir marché sur le pied, un jour où il visitait la réserve ! Et au fait, ça y est : tu as un surnom navajo.

– Ah bon ? déjà ? Super ! Et je m'appelle comment, alors ?

– Tu es *Tsii shch'ili*. Ça veut dire « cheveux bouclés »…

Et bing, la revoilà qui rougit. Une vraie manie ! Une adorable manie, en fait.

– J'aime bien. Je ne saurais pas le redire, mais c'est joli. Apprends-moi à dire « merci » dans votre langue !

– Dis-lui : *Ah-sheh-heh*.

Au final, présenter Luna à tout le monde a été facile, évident, comme si elle avait toujours été là, comme si ce n'était pas une étrangère. Chad l'a fait danser (sans cesser une seconde de s'excuser pour la panne de la veille), Doli lui a appris comment réussir une tresse indienne parfaite et ma mère a pu lui montrer sa merveilleuse maîtrise du français – elle lui a sorti tout d'un bloc :

– Bonjour baguette merci au revoir saucisson Paris rendez-vous.

Je voyais Luna se mordre les lèvres pour ne pas éclater de rire !

Quand je l'ai raccompagnée à sa caravane, sa mère nous attendait avec impatience.

– J'ai une surprise pour vous, les petits ! Vous allez être contents...

– Hé, on est pas pet... a voulu protester Luna, mais sa mère l'a coupée :

– Demain, vous venez sur le tournage ! On tourne une scène importante, ça sera chouette à voir !

Là, je dois dire que ça nous a ôté toute envie de protester !

– Génial ! Merci madame...

– Madame ? Ça me donne un sacré coup de vieux, ça ! Appelle-moi Viviane.

Ah, ce que j'étais content – non, mieux : heureux.

Je marchais tranquillement sur le chemin de terre rouge, avec l'impression que toutes les bestioles vivant dans le coin, les fantômes d'Indiens, tous les dieux navajos et puis aussi tous les petits buissons de cactus, les étoiles brillantes et la lune, bien sûr, me faisaient une haie d'honneur. Ou me portaient, légèrement au-dessus du sol. **Heureux.**

BONUS 2
- Kinaalda -

C'est la fête de la puberté, chez les Indiens navajos.

Les jeunes filles apprennent à concevoir leurs vêtements, à s'occuper des moutons, à prendre soin d'elles, mais aussi à construire leur *hogan*, la maison traditionnelle des Navajos.

La mère utilise un peigne traditionnel et un lien en cuir pour coiffer sa fille. Quand la coiffure est finie, la Kinaalda peut commencer !

La cérémonie va durer plusieurs jours. Toute la famille se réunit pour célébrer le passage à l'âge adulte de la jeune fille et chanter des prières indiennes. On partage un grand gâteau cuit dans un trou fait dans la terre. À chaque lever du soleil, la jeune fille doit aller courir ; une croyance veut que plus la fille court vite et longtemps, plus sa vie sera longue.

- 5 -
UNE SURPRISE, UNE STAR...
ET DU SANG !

C'est TRÈS rare que j'accompagne ma mère sur ses tournages. Quand j'étais petite, j'aimais bien. On s'amusait, elle me maquillait de la tête aux orteils et on faisait comme si j'étais une actrice très célèbre ; Maman me vouvoyait, me chouchoutait, me répétait que j'étais la plus belle et qu'aucune autre actrice ne m'arrivait à la cheville… On rigolait bien, quoi ! Et puis, j'ai commencé à moins aimer ça, traîner dans les jupons de ma maman. Sans doute que je suis devenue un peu plus sérieuse. Alors, j'y vais peu, sauf quand il y a un acteur canon (pas trop sérieuse quand même, hein).

Mais ici, à Monument Valley, TOUT a l'air nouveau ! Un tournage au milieu cette nature incroyable, ça vaut quand même plus le détour que les studios perdus dans la banlieue parisienne.

Ce matin, on n'en revenait pas, avec Josh.

On a même eu le droit de s'asseoir dans le fauteuil de Charlize Theron pendant qu'elle jouait sa scène (notre copine Charlize qui nous a, en plus, prêté ses lunettes noires de star. Quoi ? Bien sûr que oui, on a immortalisé le moment !!!).

Ensuite, on s'est baladés tous les deux sur les lieux, au milieu des décors : ils ont monté de faux rochers sur des plateaux tournants pour donner l'impression que la falaise bouge. Dans une des scènes, ils reconstituent carrément un tremblement de terre !

Il y a aussi une scène de grand carambolage entre une dizaine de voitures, ils doivent la tourner demain ; la doublure de Charlize répétait sa cascade au millimètre près. Elle doit sauter de l'hélico à la voiture, pour échapper à un homme qui essaie de la tuer à bord. Génial ! Évidemment, à l'image, on ne verra rien des câbles et du système de protection qu'elle porte sur elle (cela dit, elle a du cran quand même, protection ou pas !).

Et puis, Maman nous a promis une « sacrée surprise ». Elle nous a demandé de nous asseoir dans deux grands fauteuils face au miroir, de fermer les yeux et d'attendre...

Résultat, on est en train de se faire maquiller par ma mère et son assistante (qui n'arrête pas de répéter : « interdiction d'ouvrir les yeux ! »). Je trouve le temps long, et puis je suis curieuse de nature alors j'ai du mal à ne pas essayer de regarder ce qui se trame, je m'agite... Josh semble moins excité, je l'entends qui parle, plaisante, fait le clown. J'essaie de profiter au maximum de ce qu'on est en train de vivre, tous les deux : un été dont on va se rappeler, c'est sûr ! Je collectionne les souvenirs, pour plus tard. C'est-à-dire pour la fin du mois, quand je vais rentrer en France.

– Bon, on a fini. À trois, vous pouvez regarder ! Un, deux…

– Waouh ! Incroyable !!

Il semble que Josh ait craqué une seconde trop tôt !! J'ouvre les yeux à mon tour.

Et c'est vrai que le résultat est dingue.

Dans le miroir, je vois deux zombies, cernes noirs sous les yeux, peau verdâtre, du sang partout (ou un truc bien imité, en tout cas), comme si on avait échappé à une guerre nucléaire et survécu plusieurs semaines dans un bunker.

– Viviane, vous avez un talent fou ! dit Josh en tirant la langue à son reflet. C'est hyper bien fait. Même moi, je ne me reconnais pas ! Je me fais peur.

– Mais… c'est quoi l'idée, maman ?

– On vous embauche comme figurants pour la journée. Vous allez voir, c'est une scène très glauque, mais ça va être marrant à faire.

– Rhôôô, merci mamounette ! C'est toi qui as soufflé ça au réalisateur, hein ?

(Croyez-moi, pour que je l'appelle mamounette en public, faut que je sois contente !!)

– Oui, mais je n'ai pas eu à insister beaucoup. Deux figurants de plus ou de moins, ça ne change pas grand-chose. Il me reste deux heures pour en maquiller une vingtaine comme vous : dans la scène, Charlize Theron sauve un groupe de touristes coincés sous les décombres après le tremblement de terre.

– Super !

– Allez voir Matt et Billy à côté, ils vont vous donner vos costumes.

Maman n'a pas le temps de finir sa phrase qu'on est déjà dehors, à courir vers le camion des essayages.

* * *

J'enfile la tenue bizarre qu'on me donne : jean déchiqueté, veste râpée et recouverte de boue. Josh est dans le même état : si on avait passé plusieurs jours sous les rochers du désert, coincés sous la terre rouge, on ressemblerait sans doute à ça… Pas beaux à voir.

Une assistante vient ensuite nous expliquer ce qu'on va devoir faire. On n'aura rien à dire, pas de texte à apprendre. Il faudra juste se tenir avec les autres, crier, grimacer, pleurer et tendre les mains vers nos sauveteurs : notre copine Charlize et ses acolytes. On répète les expressions de visage, et le trac commence à monter.

L'assistante nous fait répéter la scène une dernière fois avant l'arrivée du réalisateur qui donnera le coup d'envoi – enfin, le clap de départ.

Et voilà comme on se retrouve écrabouillés sous un énorme rocher (en carton-pâte, ho, on n'est pas des raies !), au milieu d'une dizaine d'autres figurants maquillés comme nous, à attendre dans le noir que ça commence. J'aimerais bien que ça ne tarde pas trop, tout ce sang me met mal à l'aise, et puis l'obscurité, la foule compacte...

Ouh là... Je respire mal, je veux voir le ciel bleu.

Le cinéma c'est génial, mais là je me sens un peu trop prise au piège.

Finalement, le réalisateur arrive – énorme OUF de soulagement !...

... sauf qu'une heure plus tard, on en est toujours à peu près au même point.

C'est la dixième prise, je n'en peux plus. Cette jolie surprise est en train de se transformer en sacré cauchemar ! Serrés comme des sardines, on commence tous à avoir des vertiges, des nausées... notre bande de touristes blessés et déshydratés attend de plus en plus désespérément qu'on vienne les extraire de là !! Hélas, il y a toujours un détail qui cloche et qui nous force à « la refaire » : un figurant qui démarre trop tôt ou trop tard, le maquillage d'un autre qui coule (ben oui, on crève de chaud), Charlize Theron qui débarque trop à droite, sa voix qu'elle doit rendre plus « dure », son visage qui doit mieux exprimer l'effroi, puis le doute, puis de nouveau l'effroi. Bref, ça ne va jamais.

Je cherche Josh des yeux… Il est juste derrière, collé à une figurante joliment maquillée : plaie sur le crâne et traînée de sang qui dégouline sur la salopette.

Ouais, on passe vraiment une journée folle ! Un vrai cinéma.

- 6 -
TOUT IRA BIEN

Après le tournage, on était un peu à bout de forces. J'ai même dû porter Luna sur mon dos, tellement elle avait mal aux jambes (je ne suis pas hyper costaud, mais elle n'est pas hyper lourde). On a rejoint ma famille près des cabanes en bois où les guides vendent les tickets. C'était l'anniversaire de King Arthur, impossible de rater ça.

Et inviter Luna, ça m'a paru évident. On s'entend vraiment bien. Comme si on se connaissait depuis toujours. C'est bizarre mais c'est comme ça. On ne parle pas la même langue, elle a un fort accent français et n'a pas l'habitude de vivre au milieu de la nature, on habite à des milliers de kilomètres l'un de l'autre et pourtant…

* * *

Les anniversaires de King Arthur, c'est quelque chose. Chaque année, c'est le même rituel : on se réunit au coucher du soleil, on dévore des dizaines de Sloppy Joe[*], on danse et on chante comme des fous, debout sur les tables. En vérité, mon cousin s'appelle King uniquement parce qu'à la naissance, ses cheveux formaient une sorte de couronne sur le haut de son crâne ; mais depuis, on va dire qu'il s'est bien habitué à son nom ! Pendant toute la soirée, il reste assis sur son fameux trône, celui que mon frère Chad lui a fabriqué il y a quelques années avec un tas de pneus repeints à la peinture dorée. Et nous, on lui apporte ses cadeaux pendant qu'il boit des litres de bière et rythme la musique en donnant de grands coups dans le sable rouge avec sa fausse épée. Bref, un anniversaire royal.

---

[*] Le Sloppy Joe, vous ne connaissez pas ? C'est un sandwich américain, avec de la viande hachée et de la sauce épicée entre deux pains de burgers. Un régal !!

***

Pendant que tout le monde faisait la fête, j'ai emmené Luna près des chevaux.

– Toujours d'accord pour une visite guidée de la Vallée ?

– Oui ! Ma mère travaille – je crois même qu'ils tournent des scènes de nuit. Je préfère me balader avec toi que rester à discuter avec Odette !

Euh, pour être franc, je ne sais pas qui est cette Odette, mais j'ai pas osé demander. J'ai juste répondu :

– Alors en selle, mademoiselle *Tsii shch'ili* !

– On y va à cheval ?! Tu sais monter ?

– Oh oui. Tu sais, chez les Indiens, c'est une tradition. Et puis, Chad m'a appris très tôt.

– Génial ! Merci Josh…

– Je te présente mon cheval, c'est *Shilah*. Ça veut dire « frère ». C'est ce qu'on est, lui et moi : des frères.

Luna a souri, je l'ai aidée à monter. Et on a pris la route vers la vallée rouge.

Maintenant, on avance tous les deux (trois si on compte Shilah) au pied des Rocheuses. Elle a passé ses bras autour de ma taille.

– C'est un peu l'aventure, quand même ! elle me chuchote en me serrant fort.

Elle a l'air d'avoir peur... À moi de jouer !

– T'en fais pas, surtout. Tant qu'on ne croise pas le vrai Sloppy Joe, on est tranquilles !

– C'est quoi, ce truc ? Encore une croyance indienne ? Une attaque de sandwichs géants ?

– Ouais, exactement ! Avec jets de steak haché et sauce piquante dans les yeux !... Non, c'est pas ça. Sloppy Joe, c'est un type.

– Un type ? C'est lui qui a inventé les hamburgers qu'on a mangés tout à l'heure ?

– Non, c'est plus... effrayant.

Et je lui raconte la grande histoire de Sloppy Joe, la terreur de l'Arizona. Un type qui a gagné il y a au moins un siècle (en tout cas, j'étais pas né !) le concours du plus gros mangeur de Sloppy Joe de l'Etat d'Arizona : 56 d'affilée – il avait failli en mourir (son record tient toujours, s'il y a des amateurs).

La suite s'est moins bien passée. Il est devenu quelque temps acteur de western – il jouait les cow-boys hargneux

dans tous les mauvais films des années 80. Une sorte de John Wayne, mais raté. Finalement, quand Hollywood n'a plus voulu de lui, il a dû prendre une retraite forcée... et il n'a pas supporté. Il est devenu un peu fou et s'est mis à errer dans la Vallée, persuadé que les Peaux-Rouges étaient à sa poursuite pour le scalper.

– Il s'est fait un gros film, quoi ! lance Luna en rigolant.

– Ouais, un mauvais western ! Et ça dure depuis des années. Mais à chaque fois que les rangers le retrouvent et le sortent de la réserve, il arrive à revenir. Il se cache des nuits entières dans les rochers !

– Il est dangereux ?

– Non, enfin... disons que c'est un cow-boy sans cheval, qui traque des Indiens pour en faire de la viande à burger... tu vois le genre !

– Hum, j'ai pas très envie de faire la connaissance de ce Sloppy Joe.

Mine de rien, elle me serre un peu plus fort – you-hou, j'ai réussi !! Une manœuvre digne des plus grands Sioux, Chad serait fier de moi. Je tire les rennes de Shilah pour le faire cabrer.

– Accroche-toi, Luna ! On part sur un petit galop ?

En vérité… j'ai fait le malin avec cette histoire, mais au fond de moi j'espère une seule chose : qu'on n'aura aucun problème, pas le moindre. Je connais bien le coin, ça devrait très bien aller. Je sais exactement ce que je veux montrer à Luna. Je sais aussi exactement quand je tenterai de lui prendre la main.

Tout ira bien.
Tout ira bien.
Tout ira bien.

Dans ma tête, je m'adresse aux dangers du désert, comme si c'étaient des copains (je sais, ça paraît bizarre mais ça m'aide !!). Écoutez-moi, vous tous : soleil brûlant, piqûres de scorpion ou de veuve noire, attaques de lion des montagnes*, chutes de roches, morsures de serpent, et même toi, vieux cow-boy dingo : si vous m'entendez, éloignez-vous !

Luna et moi, on arrive… et on veut être tranquilles !

* C'est le nom qu'on donne au puma, par ici. Mais bon, je vous le dis comme je le pense : ça reste un puma.

BONUS 3
La super recette du Sloppy Joe

Il te faut tout ça :

- 450 g de bœuf haché
- 2 c. à soupe de beurre
- 1/2 poivron rouge, coupé en tout petits dés
- 1 oignon de taille moyenne, haché finement
- 1 gousse d'ail hachée
- 1/3 de tasse de ketchup
- 1/3 de tasse de bouillon de poulet
- 1 c. à café de sauce Worcestershire
- 2 c. à café de poudre de chili
- 1 c. à soupe de cassonade
- 4 feuilles de salade
- 4 pains hamburger

Voilà ce que tu vas en faire :

- Dans une poêle, fais fondre 1 cuillère à soupe de beurre, ajoute les poivrons et les oignons puis laisse-les revenir jusqu'à ce que les oignons soient translucides.

- Dans la même poêle, fais chauffer 1 cuillère à soupe de beurre puis fais revenir le boeuf jusqu'à ce qu'il soit bien doré.

- Ajoute les légumes, la poudre de chili, le ketchup, la sauce Worcestershire, le bouillon de poulet et la cassonade.

- Laisse mijoter pendant 15 minutes.

- Garnis les pains d'une feuille de salade et du mélange de boeuf et de sauce.

Déguste !

- 7 -
L'ŒIL DU SOLEIL

J'avoue : je me suis fait mon petit film, tout à l'heure. Accrochée à Josh, tout au long de la balade à cheval, j'ai imaginé une histoire. Ça a commencé par un bond dans le passé, deux cents ans parcourus en une seconde chrono ! J'étais la fille d'un cow-boy d'Arizona, enlevée par Yas, son amoureux indien (ben oui) qui l'emmène au grand galop loin des terres de son père. Leur espoir ? Vivre d'amour, d'eau fraîche et de pain de maïs.

J'ai fermé les yeux, et tout s'est mis en place : Yas avait des plumes plantées dans ses longs cheveux noirs, des dessins rouges tracés partout sur le visage et les bras ; on montait son cheval à cru, sans selle. Il écartait le danger d'un tir de flèche enflammée, ma longue robe à frou-frous volait dans les airs (re-ben oui : en 1850, les filles étaient pas en short, ho !) et la vie s'ouvrait devant nous. C'était magnifique.

Vous serez d'accord que parfois – souvent, quand on rouvre les yeux après avoir rêvé, la réalité a l'air « toute pourrite », comme dirait Solal ? Hé ben, aujourd'hui ce n'était pas le cas : la vie d'après ce rêve-là, ça ressemblait encore à un rêve.

À un moment, on a fait une pause sous un rocher immense qui s'appelle *Three Sisters**. Josh avait une gourde d'eau fraîche dans un sac ; je me suis tartinée de crème solaire et on a pris des photos, nous deux devant Shilah, moi qui tire la langue, Josh qui met son bras autour de mon cou, moi qui rougis, bref : l'après-midi parfaite.

* Les Trois Sœurs... mais dis donc, toi dans le fond, si t'as eu besoin d'aller vérifier, faut songer à te mettre à l'anglais, hein !

Depuis, on est remontés sur le cheval et on continue la visite. Ça doit faire deux heures qu'on trotte au paradis. Imaginez un ciel bleu vif, des nuages entre neige et coton qui semblent former un message rien que pour nous, la pierre brune tout autour et le sol brûlant sous nos pieds...

... et puis tout à coup, au milieu des bosquets de cactus et des arbustes, on voit des traces énormes, comme si une panthère géante avait fait la même balade juste avant nous.

– Stop ! Josh ! Regarde, là !

Il arrête son cheval.

– Ça, c'est des traces de lion des montagnes – de puma, quoi. Y en a pas mal dans le secteur. Ne t'en fais pas.

– Oh ben tu parles, j'ai pas peur du tout ! Les pumas c'est juste des gros chats ! je réponds bravement (mais comme j'ai prononcé cette phrase en tremblant de la tête aux pieds, ça a dû casser mon effet).

– Panique pas.

(Qu'est-ce que je disais).

– C'est rare qu'ils se montrent, il reprend après un temps d'hésitation.

Mais, trop tard, la panique a commencé : dans ma tête, le scénario romantique que je me faisais plus tôt se transforme en film d'horreur sanglant. Entre les serpents, les araignées, les scorpions et les gros matous griffus, je suis terrorisée.

Par réflexe, je touche mon portable à travers le tissu de mon short. Ouf – en cas de problème, je pourrai toujours appeler maman.

Bon, on se calme. Josh a l'air vraiment sûr de lui. D'ailleurs, il me parle d'une voix très apaisée, en vrai pro de la visite touristique :

– Je vais te montrer un endroit extraordinaire : L'œil du Soleil. Tu vas voir, c'est tout près.

Cinq minutes après, on y est.

Et là, au pied du monument, Josh se retourne et fait un truc incroyable, mieux que tout : un bisou sur le front. Sûrement un gentil bisou amical pour me rassurer. Mais un bisou quand même.

J'enverrais bien tout de suite un SMS à Julia pour lui raconter ça, sauf qu'il doit faire nuit en France... alors tant pis.

On descend de cheval. Josh me chuchote de regarder vers le haut ; j'obéis, en bonne touriste docile et... WAHOU. Je ne regrette pas !

L'œil du Soleil, c'est un grand trou dans la roche, étiré en ovale sur les côtés, qui laisse passer le soleil. Des marques sombres, juste dessous, donnent l'impression que l'œil pleure. Sans doute des traces d'eau de pluie, mais... n'empêche, c'est bouleversant. Depuis quelques minutes, le soir commence à tomber, aussi le soleil inonde la roche qui devient rose, mauve par endroits, orange et rouge à d'autres. Monument Valley s'embrase, couleurs de feu, et j'ai la chance d'être là pour assister au spectacle. Je crois que je n'ai jamais rien vu de plus émouvant de ma vie... En fait, j'ignorais que parfois, les paysages peuvent vous retourner le cœur comme une crêpe.

Il faut absolument garder ça, le fixer pour toujours ; je dégaine mon portable et prends une photo de Josh,

pour bien me souvenir comme il est beau quand je serai de retour à Paris. Quand il pleuvra dehors et que j'aurai le cafard total.

Et c'est à cet instant, sur l'écran de mon téléphone, que Josh change de couleur. De bronzé à gris-blanc, direct. J'en lâche mon portable, qui tombe dans un petit buisson. Au moment où je me penche pour le ramasser, Josh hurle :

– TOUCHE PAS !

Je me fige. C'est la première fois de la journée que Josh perd son sang froid.

– Qu'est-ce qu'il y a ? Dis-moi !

– Là-bas. À cent mètres vers l'Est : tu *le* vois ?

– Qui ? Ah, oui, attends… C'est un lion des montagnes ?

– Non, pire. C'est Coyote. Et c'est très mauvais signe.

Je déglutis, à nouveau toute tremblante.

Josh me prend la main.

Ça devrait être le moment le plus romantique de ma vie.

C'est le plus flippant.

– M-Mauvais signe ? Mais pourquoi ?

– Coyote, chez nous, c'est le symbole du Mal. C'est le signe que… Enfin…

– Le signe que quoi, Josh ?? Explique-moi !

– Quand on le voit, c'est qu'il va y avoir un accident, une catastrophe.

– Mais c'est des croyances anciennes, ça. J'y crois pas du tout ! « Coyote », tu sais ce que ça veut dire pour moi ? C'est l'allumé qui court après Bip-Bip dans le dessin animé, sans jamais l'attraper. Rien à craindre !

J'essaie de sourire, mais Josh se décompose encore plus et ça me terrifie. Ma blague ne le fait pas rire du tout !

Après avoir tapé du pied pour faire fuir les bestioles, il va ramasser mon téléphone. Et il me dit dans un souffle :

– Viens, on rentre. Tout de suite. Marche derrière moi. Ne regarde pas vers *lui*.

OK. OK. On marche. Oui, on marche vers Shilah, qui va nous ramener à la fête. On prendra un Coca, assis sur des transats, et la vie reprendra son cours.

Enfin, j'espère.

Sans parvenir à me contrôler, je jette un œil vers Coyote.

J'aurais pas dû.

Josh m'avait pourtant avertie : « Ne regarde pas vers *lui*. »

- 8 -
COYOTE

– Luna, arrête de le fixer ! Il vient vers nous ! Cours vers le cheval sans te retourner !

Luna ne m'entend pas, alors je l'agrippe par la main et je fonce vers Shilah – il nous attend à quelques pas, attaché à un petit arbre.

Toutes les horribles histoires avec Coyote dans le rôle du monstre me reviennent. Celles qu'on se raconte lors des veillées, et qu'on se transmet depuis toujours. Ma grand-mère m'a toujours dit que Coyote, c'est la mort. La bête qui trimballe avec elle la maladie, les drames, les pires souffrances... Je transpire à grosses gouttes ; il fait encore très chaud alors que le soleil va bientôt se coucher, et mon cœur s'est accéléré.

Luna, derrière moi, on dirait qu'elle vole.

Je détache mon cheval, j'aide Luna à grimper dessus, puis je monte à mon tour. D'un cri, je donne le signal du départ :

– Vas-y, Shilah ! Ramène-nous !

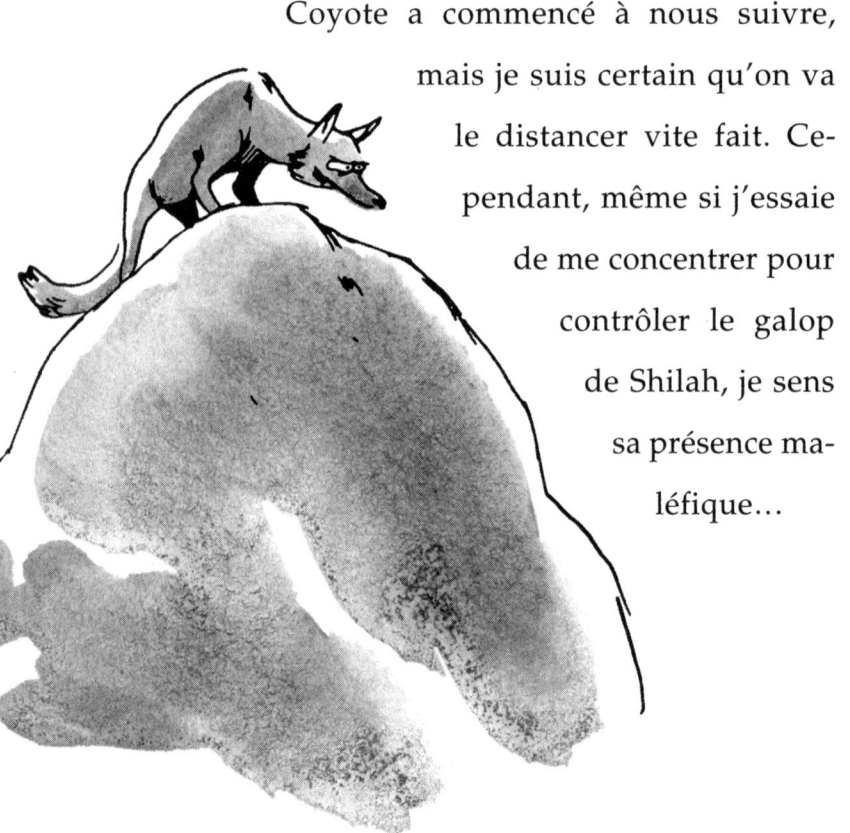

Coyote a commencé à nous suivre, mais je suis certain qu'on va le distancer vite fait. Cependant, même si j'essaie de me concentrer pour contrôler le galop de Shilah, je sens sa présence maléfique...

Il est juste là, prêt à attaquer !!

Peu avant le virage, on arrive dans une zone d'ombres. J'entends alors Coyote qui remonte à notre niveau. En grognant.

– Accroche-toi, Luna. ACCROCHE-TOI !!

J'entends le petit cri qu'elle retient tout en collant sa tête contre moi.

La course folle s'accélère.

Je n'entends plus rien.

Et puis ça arrive.

Un jappement rauque, Coyote bondit sur nous : il **PLANTE SES CROCS** dans le flanc de Shilah !!!

Mon frère-cheval s'effondre sur le bas-côté et on bascule en l'air, éjectés à quelques mètres de lui.

ARGH !

Quel choc… Mes jambes me font atrocement mal, j'ai la tête comme un chaudron ! Le sable et la poussière forment un écran tout autour de moi. Luna… elle m'a lâché pendant la chute !

– Luna ? T'es où ? ça va ?

Ouf : c'est elle, là... en train de se relever.

– Ça pourrait aller mieux, mais rien de cassé.

On entend Coyote, tout près. Que fait-il ?

Et puis, à travers la poussière, je l'aperçois. La gueule pleine de sang, il avance dans notre direction.

Shilah bondit à son tour vers nous, comme s'il avait senti que le danger se rapprochait de Luna et moi. Il se remet en équilibre, vient brusquement se poster devant le monstre... et file, au galop – Coyote se lance aussitôt à sa poursuite.

Oh non.

NON !!!

Je comprends très bien ce qui est en train de se passer... trop bien, et je hurle :

– SHILAHHHHHH ! NOOON !!!

Mais il est loin, déjà. Si loin...

– Il... Il l'a fait exprès, c'est ça ? Il a éloigné Coyote pour nous sauver ? dit Luna.

Je hoche la tête. Difficile de me remettre debout, mais il le faut. Je sors ma bouteille d'eau pour en donner à Luna. Et je me serre contre elle.

On a eu si peur.

On a mal partout.

– Tu te rends compte ? elle chuchote dans un gros sanglot. Ton cheval nous a sauvés, il a attiré Coyote loin de nous ! Il a...

– Luna...

– Oui ? Quoi ?

– Tu comprends ce qui nous arrive ? On est seuls, maintenant. Loin de tout. On n'a plus de cheval, la nuit tombe. Je ne sais pas du tout ce qu'on va...

– Ce qu'on va quoi ? Parle, Josh, tu me fiches la trouille, là !

– Luna... Les nuits sont dangereuses ici et on n'a rien pour se protéger.

Je m'attends à ce qu'elle hurle, mais... incroyable : Luna *sourit,* et passe sa main sur ma joue !

Comme si je m'affolais pour rien. Comme si elle connaissait le désert. Un peu plus et elle va me raconter une bonne grosse blague pour détendre l'ambiance !

Elle sort son portable de sa poche, et me le tend d'un air malicieux.

– Avec ça, on est sauvés. Appelle tes parents et dis-leur où on est, ton frère viendra nous chercher en 4x4. Tu vois, faut jamais paniquer, dans la vie.

Je secoue la tête.

– Il va nous falloir autre chose, Luna. Regarde.

Et puis je lui montre l'appareil : l'écran est en miettes. La chute de cheval lui a été fatale.

Elle fond en larmes en voyant l'étendue des dégâts. Relève le visage vers moi, haletante, les yeux perdus.

– On est fichus, hein ?

Je cherche quelque chose à dire pour la rassurer, la consoler. Qu'elle arrête de pleurer.

Les mots ne viennent pas ; alors je passe simplement mon bras par-dessus ses épaules et je lui murmure à l'oreille ce qui me passe par l'esprit. Avec la voix des dernières forces :

– Je suis là. Tout ira bien. Nous sommes protégés.

Une légende à laquelle je ne crois pas du tout.

- 9 -
LE CRI DE LA LUNE

Depuis que je suis toute petite, je sais quand on me raconte des craques (tiens, une expression de papy qui sort comme ça, sans prévenir !) – des mensonges, quoi – pour me rassurer. Et ça me fait l'effet inverse : je panique encore plus.

Par exemple, quand papa m'a dit : « Tout va bien », le jour où mamy s'était cassé le col du fémur en tombant dans les escaliers, je ne l'ai pas cru. J'ai fait semblant d'aller tranquillement jouer avec Odette et mes Barbies, mais je sentais une énorme boule dans ma gorge.

Au même âge, quand mes parents soufflaient sur mon front pour faire partir le vilain gros cauchemar, je leur souriais gentiment mais je pensais : « *Me prenez pas pour un bébé, mon cauchemar va revenir, ils reviennent toujours…* ».

Et quand Josh a murmuré : « Je suis là. Tout ira bien », j'ai compris dans la seconde qu'il cherchait uniquement à me rassurer. Et qu'on était sévèrement dans la mouise (encore toi, papy !).

N'empêche, j'ai fait comme si ça me rassurait. Comme si j'avais confiance. On s'est relevés et Josh s'est mis à chercher des yeux un endroit où l'on puisse se réfugier, loin des dangers qui rôdent.

Et maintenant, il cherche encore.

Il cherche encore, alors que la nuit tombe.

Ironie du sort : un coucher de soleil à Monument Valley, il paraît que ça vaut de l'or et je ne l'ai même pas vu, trop occupée à tomber de cheval et à me faire poursuivre par Coyote.

– Luna, on va s'asseoir au pied de cette falaise-là. Il y a une sorte de mini-grotte, on sera à l'abri du vent.

– Chouette alors.

– Je suis désolé… Vraiment désolé pour toute cette horreur. Je voulais que ce soit un beau moment, qui te reste en mémoire longtemps…

– T'en fais pas, va. Il restera longtemps.

Je lui souris, parce que je sais qu'il se sent mal et qu'il s'en veut. Il pousse un petit soupir.

– Oui, mais pas comme je voulais. Suis-moi.

On ramasse le sac de Josh, tout écrasé, et on marche vers le rocher. J'ai horriblement mal à la jambe, et ça ne saigne pas… ce qui veut dire que c'est pire : je dois avoir un truc cassé, là-dessous. Un petit os ou un morceau de muscle.

Je serre les dents pour ne pas inquiéter Josh – je vois bien qu'il fait bonne figure pour m'empêcher de paniquer.

On s'installe, lui adossé contre la roche et moi la tête posée sur son épaule. Il dit très doucement :

– On dirait une veillée de fête. Manque plus qu'un feu de camp et une guitare.

– Alors raconte-moi une histoire en attendant. Une légende navajo, pour faire passer le temps.

– Et on attend quoi ?

– Pas la mort, Josh, détends-toi. Les secours ! Shilah va donner l'alerte et ton frère va rappliquer.

– Bon, d'accord. Coyote, maintenant, tu le connais. Tu l'as vu de près. C'est lui qu'on invoque quand un gros problème survient. Il apporte le Mal, il est le Mal.

– Ouais, j'ai vu ça.

– C'est une divinité, alors on lui apporte des offrandes, on fait des danses cérémonielles pour retrouver l'harmonie… pour éloigner Coyote.

– Ça fait froid dans le dos. Tu me racontes une légende moins flippante ?

– J'ai bien un truc sur les araignées...

– Arrête, tu fais exprès ou quoi ?!

– Tu vas voir, ça va te plaire. *Spider-Woman*, la Femme-Araignée : c'est une autre divinité. Elle vit pas très loin d'ici... À deux heures de Monument Valley, dans le Canyon de Chelly, il y a des aiguilles jumelles, genre 250 mètres de haut, super impressionnantes.

– Tu m'emmèneras ?

– On verra – je veux dire, oui bien sûr, je t'emmènerai ! C'est sur ces rochers pointus que vit Spider-Woman. Selon les Navajos, elle a transmis l'art du tissage à une autre divinité, la Femme qui Change. Tu te souviens des jolis tissus brodés de Doli ?

– Tu parles ! Magnifiques !

– Hé ben, cette tradition nous vient d'elle. Spider-Woman aurait tissé une toile d'arcs-en-ciel entre les deux pics.

– Une toile d'arcs-en-ciel ! Ça, c'est une belle légende. Tu me ferais presque…

– Aimer les araignées ?

– Oui, mais seulement presque. Au fait, il y en a par ici, des vraies bêtes à huit pattes ?

– Hein ? Ah non, non, répond Josh. Pas la moindre araignée dans tout l'Arizona.

Là, je sais qu'il ment. Et il ment mal. Je l'ai lu partout, dans tous les guides, qu'elles étaient très nombreuses ! En plus, elles sortent à la nuit tombée. Des tas de monstres poilus. Veuves noires, tarentules. Sans parler des serpents et des scorpions.

– Arrête de mentir, Josh. On va plutôt essayer de penser à autre chose, d'acc ? J'avoue, si on a de la visite, je préférerais un fennec, un chien de prairie*. Ou un lapin, tiens ! C'est mignon, un lapin.

– C'est rigolo que tu parles de ça. Quand j'étais petit, j'ai voulu adopter un chien de prairie. Je l'enfermais dans

* Alias « Prairie Dog ». Disons que c'est un rongeur qui ressemble à un écureuil joufflu. Super mignon (de loin) – mais attention, quand ça mord, ça fait trèèès mal.

ma chambre, je ramassais des insectes pour lui donner à manger. Doli m'avait même fabriqué des petits habits pour lui. Il a fini par me mordre et se sauver, un matin. Je ne l'ai jamais revu, j'ai pleuré deux jours !

– C'est l'avantage avec Odette. Pas de fugue possible !

– Ah bon ? Tu l'enfermes à double tour, ta chienne ?

Je rigole un bon coup et puis je raconte à Josh l'arrivée de la poule Odette dans ma vie. Comment je l'ai choisie, elle, parmi les 150 doudous offerts à ma naissance. Comment, au milieu des lapins, des nounours, des chatons et des souris, j'ai élu… une poule. Une poule pimpante, au plumage brillant et au regard malicieux. Depuis, Odette est là, toujours. Usée, mais encore utile parfois, les soirs de tristesse.

Peut-être bien qu'on a les légendes qu'on mérite : par rapport à Coyote et Spider-Woman, Odette ne fait pas le poids !

Je pense à elle, bien au chaud dans la caravane, tout là-bas. Je pense à maman, je me demande si Shilah a réussi à semer Coyote, si les autres ont compris qu'on est en danger ici. S'ils sont en route.

– Tu crois qu'ils ont prévenu ma mère ?

– Hmm ? Qui ça ?

– Ta famille ! Quand ils ont vu Shilah rentrer seul, tu crois qu'ils ont prévenu ma mère ?

– Oui, sans doute. Ils ne devraient plus tarder, maintenant.

Vraiment, Josh est très gentil.

Mais il ment vraiment très mal.

Bonus 4
La faune à Monument Valley

Voilà les petites (et grosses) bestioles qu'on peut trouver à Monument Valley…

- 10 -
COW-BOY FOU

Là, tout de suite, mon problème, ce n'est ni Coyote, ni le portable cassé, ni les araignées, ni même la super raclée que je vais recevoir en rentrant. Non : ce sont plutôt ces bruits bizarres que j'entends derrière nous depuis un moment…

Comme si quelqu'un (ou quelque chose ?) nous suivait. Mon instinct d'Indien des plaines me souffle que c'est louche. Quant à mon imagination de fan de films d'horreur, elle marche à 200 à l'heure. Plus vite que les secours, apparemment. Qui prennent leur temps. Faut déjà que Shilah ait survécu, de toute façon… et je n'en suis pas aussi sûr que Luna, moi.

– Josh, tu crois que…

– Chuuut, Luna ! Écoute !

– Écouter quoi ? Le silence majestueux de la nuit flippante ?

– Non, pire. J'ai entendu un bruit, là, derrière le petit arbuste.

Luna s'est rapprochée de moi. Elle doit sentir que je tremble des pieds au scalp. Elle doit sentir aussi que je transpire comme un puma.

– Du calme, Josh, c'est rien. Hein, que c'est rien ?

– Je vais voir quand même, reste ici.

– Me laisse pas !

– Je reviens. À ton tour de ne pas paniquer, mademoiselle.

Elle finit par lâcher ma main. Je m'avance lentement, en essayant de faire le moins de bruit possible. Sauf que mes dents risquent de me trahir, à force de claquer comme ça…

Devant l'arbuste, je dégage les branches d'un coup sec, pour surprendre mon ennemi invisible...

Rien.

Fausse alerte !

Luna avait raison. Ça m'apprendra.

Mes pas me ramènent vers notre mini-campement de fortune : je respire mieux, les bruits ont disparu.

Ça devait être un fennec ou un serpent – bref, j'ai laissé mon imagination s'enflammer trop vite : tout va bien.

– Tu peux souffler, Luna. Il n'y a personne derrière ces branches.

Et alors que je m'apprête à me rasseoir près d'elle, une voix s'élève en grinçant, venue de la nuit :

– Ha ha, t'as l'ouïe fine mais la vue basse, gamin : t'as mal cherché ! *Je suis là.*

On sursaute tous les deux, et on crie exactement en même temps, parfaitement accordés – même en plein cauchemar.

Un homme se dresse face à nous, chapeau de cowboy vissé sur la tête, grosse barbe grise tombant sur sa chemise à carreaux ; il tient une vieille corde dans ses mains. L'air hargneux, il crache par terre, en nous jetant un regard mauvais et répète, en articulant pour qu'on retienne bien le message :

– JE. SUIS. LÀ.

– Mais… mais VOUS ÊTES QUI, VOUS ?? qu'est-ce que vous nous voulez ??? hurle Luna en me regardant, affolée.

– Qui je suis ? Tu me reconnais pas ?

Il a l'air sincèrement surpris, voire choqué… et je comprends soudain qui il est.

– Je suis Ted S. Wallace, bon sang !

– Euh, pardon mais je ne vois pas du tout, je ne suis pas d'ici et je…

– Luna ! C'est lui, c'est Sloppy Joe !

Oups, mauvaise idée : j'ai voulu écourter le calvaire de Luna, mais le vieux ne semble pas apprécier…

– NE M'APPELLE PLUS JAMAIS SLOPPY JOE !

Aussitôt, il se rue sur moi. Il m'attrape par le cou, me secoue et me tape dessus comme si j'étais un vieux tapis plein de poussière ! Finalement, dans un gros cri de rage, il me jette à terre. Luna ne dit rien, elle paraît complètement hébétée. Je me roule de douleur, et du fond du cœur je regrette, oh oui, je regrette tellement de l'avoir embarquée là-dedans ! Je suis nul, un pauvre Indien nul !

– Arrêtez, c'est bon… et la… touchez pas…

– Tu vas regretter de m'avoir parlé comme ça. Vous allez tous les deux le regretter ! Allez, en avant.

Sloppy Joe écarte les jambes, santiags bien plantées au sol, puis il lance sa vieille corde en direction de Luna.

– Attache ton petit copain ! Et arrête de chialer comme ça !

Mais elle pleure à grandes eaux, elle ne répond même pas. Elle reste plantée, incapable du moindre mouvement. Alors le cow-boy s'avance vers elle ; et cette fois, il sort un énorme couteau accroché à son ceinturon avant de hurler :

– Tu attaches ton copain, en serrant bien, pigé la squaw ? Sinon, c'est moi qui te scalpe. Tu saisis ou pas ?!

Je me redresse pour intervenir :

– Monsieur Wallace, laissez-la. Elle n'a rien fait ! Elle ne comprend pas ce que vous dites, vous savez ? Il faut lui parler lentement, elle est française et...

– La ferme, le Peau-Rouge !!! T'es de quelle tribu ? Apache ? Cheyenne? Ah, non, je sais : t'es un Sioux. T'as bien une tête de Sioux, tu me rappelles Little Horse, que j'ai traqué après les attaques de diligences au Nord du Dakota !

– Je suis pas un Sioux. Je suis un Navajo.

– La pire espèce ! Je vais t'en faire baver. Et toi, fillette, tu te bouges ? Tu vas te décider à l'attacher ?

En larmes, Luna s'avance jusqu'à moi. Je lui fais un clin d'œil pour qu'elle comprenne que je ne lui en veux pas puisqu'elle n'a pas le choix. Elle noue la corde autour de mes poignets, doucement.

– Plus fort ! Faut qu'il ait mal !

Elle serre un peu, je sens une douleur vive, comme une morsure.

– Donne-moi ça ! Je vais le faire.

D'un seul élan, Sloppy-Wallace tire violemment sur la corde et je hurle de douleur – un vrai cri de Coyote.

– Maintenant, à toi, petite : colle-toi à ton Indien, je vais vous ficeler tous les deux. C'est romantique, n'est-ce pas ?

Il est en train de déraper… Il faut que j'arrête ça. Il faut que je lui fasse entendre raison !

– Monsieur Wallace, regardez-nous : on est des enfants ! Vous voyez pas ? Laissez-nous tranquilles, s'il vous plaît !

Il recule… se gratte le menton. J'ai réussi ?

– Des enfants, hmm ? Oui, j'ai vu ça. Et figure-toi que c'est ce que je désirais le plus au monde : enlever deux beaux petits Indiens en culottes courtes : les otages parfaits pour négocier la libération du fort de Sam Houston !

– Mais enfin, je ne suis même pas indienne ! Regardez mes cheveux ! Vous avez déjà vu des Indiennes aux cheveux blonds ?

– Je vendrai ton scalp encore plus cher… car ce qui est rare est cher !

OK, on est mal : il est fou à lier. Ficelés l'un contre l'autre, on trottine à petits pas en s'enfonçant dans la nuit noire de la Vallée, guidés par un vieil acteur complètement timbré qui se prend pour Buffalo Bill.

- 11 -
CASE DÉPART

Oh, j'aurais dû regarder des westerns avec Papa… Il a souvent essayé de me convaincre, j'ai toujours résisté ! Malin. Ça m'aurait été utile, peut-être. Comprendre la psychologie des cow-boys vicieux, savoir comment réagir face à cet affreux bonhomme.

Mais non : au lieu de ça, j'ai préféré passer mon enfance à pleurnicher sur des films rose bonbon, des comédies romantiques et des comédies tout court… voilà le résultat.

Après nous avoir traînés sur un bon kilomètre, Sloppy Joe nous a emmenés dans une grotte, sous un des plus gros blocs de rochers de Monument Valley. Ensuite, ç'a été un labyrinthe de couloirs, de cavernes et de cavités glauques. On a dû se baisser pour passer, on a même dû se mettre à genoux pour le dernier passage souterrain. Pas facile avec nos mains attachées.

Dans les pires moments, Josh tentait de me rassurer :

– Il nous fera pas de mal, c'est juste un fanfaron…

Moi, je n'arrivais même plus à articuler un seul mot. Tout était sec, comme si on m'avait aussi ligoté les cordes vocales. À un moment, le vieux a grogné :

– C'est là, asseyez-vous.

On n'y voyait pas grand-chose, malgré la lampe torche qu'il agitait dans tous les sens.

– Je vais vous garder là, en attendant.

– En… En attendant quoi ? a balbutié Josh.

– La fin.

En l'entendant prononcer ces deux petits mots, j'ai senti le froid m'envahir d'un coup, me glacer le sang. Des mots cinglants, qui terrifient comme un couloir sombre avec rien que la mort au bout…

Les larmes me sont montées aux yeux, direct. Josh me chuchotait des tas de trucs mais je n'entendais rien parce que, sans cesse, me revenait cette voix rauque et grinçante, qui s'usait à répéter en boucle ces deux mots : *La fin, la fin, la fin.*

Ça doit faire une heure qu'on est là, pas plus ; mais le temps passe si lentement ! Mes poignets me brûlent, ce barjo a serré vraiment fort. Il semble très occupé à vider une bouteille de whisky. Autour de nous, des tas de cartons ; je suppose qu'ils servent de mobilier à ce clochard du désert. Il y a un feu de camp éteint, un morceau de viande calcinée au-dessus de la braise refroidie – les mouches ont commencé à se servir dessus. Et cette atroce odeur de renfermé… Pas étonnant : le cow-boy ne doit s'être lavé depuis longtemps !

Oh là là… C'est vraiment pas comme ça que je pensais passer mes vacances, moi.

Et c'est vraiment la pire nuit de ma vie. Encore pire que mon opération de l'appendicite, qui s'affiche pourtant en haut du podium depuis des années. Encore pire que... Josh essaie de me parler :

— Luna, regarde-le : à boire comme ça, il va bien finir par s'endormir et cuver son alcool ! me murmure-t-il dans un souffle.

– Qu'il fasse vite, alors…

– Pourquoi ? t'as un rendez-vous ?

– Josh, me dis pas que t'arrives à faire de l'humour ? Pas maintenant ?!

– Désolé. Bon, concentrons-nous sur nos options.

Voyant qu'on complote, Sloppy Joe nous grogne vaguement dessus, pour le principe. Après avoir proféré toutes les insultes qu'il connaît sur les Indiens, il nous crie de nous taire, et de fermer les yeux. Puis il retourne à sa bouteille et commence à chanter une affreuse berceuse entre deux gorgées, du genre à t'empêcher de dormir à vie, une histoire de loup-garou et de sorcière. C'est peut-être vrai qu'il va finir par s'endormir, à ce train-là.

Mais ce n'est pas ça qui nous fera sortir de là. Faut qu'on imagine une solution. J'attends qu'il se mette à ronfler pour reprendre la conversation où on l'avait laissée :

– Nos options ? J'en vois… zéro.

– Courage, Luna. D'abord, faut se détacher. Viens, on va se décaler près du rocher plus pointu, juste à gauche, pour couper nos liens.

– OK. Pas mal. T'es plutôt malin, toi !

On glisse tous les deux vers le caillou, debout, bien serrés, en sautillant comme on peut. Et même si le moment est très, très mal choisi, je ne peux pas m'empêcher de glousser

– C'est notre Moon-Walk qui t'amuse, Luna ?

– Ouais, j'avoue ! Michael Jackson n'a qu'à bien se tenir !

– Euh, tu es au courant qu'il est mort ?!

– Et nous, ça ne tardera pas si tu ne concentres pas un peu sur notre fuite !! Je croyais que les Indiens étaient censés être hyper sérieux !

On y est. Adossés contre la roche, on frotte la corde qui entoure nos poignets. Josh m'encourage, tout en surveillant le sommeil du cow-boy. Heureusement que cette vieille barrique a le sommeil lourd...

Miracle : la corde lâche ! On se libère les poignets, puis Josh parvient à se détacher entièrement. Il dénoue toute la ficelle autour de mes mains.

– Presque libres, ma Luna !

Oh. Il a dit « ma » Luna...

Mais on n'a pas le temps pour ça. Je réponds :

– Tu crois que tu sauras retrouver le chemin de la sortie ?

– Attends, je suis un Navajo, oui ou non ?

– Te vante pas, Josh. Emmène-moi dehors.

Au moment de partir, on a eu l'idée d'utiliser la corde pour attacher notre kidnappeur. Par précaution. Je suis allée ramasser un gros bâton, prête à l'assommer si jamais il se réveillait pendant que Josh faisait de lui le plus ignoble saucisson de l'histoire du saucisson.

Enfin, il achève de serrer le nœud comme s'il avait attaché des gens toute sa vie, et me lance :

– Luna, on est à deux doigts de la liberté. Fonce !

– Attrape le sac d'abord ! Là, regarde : ça lui sert d'oreiller...

On s'engage dans le boyau rocheux par lequel on est arrivés. Je regarde sans arrêt derrière nous pour vérifier que l'autre ours des cavernes n'est pas à notre poursuite...

OK.

Pour l'instant, la voie est libre.

On n'échange plus un mot, on avance en direction du tout petit puits de lumière qu'on aperçoit au bout.

– C'est la lune qui se reflète, tu la vois ?

On trace notre route.

Dehors, enfin !

Josh me prend dans ses bras.

– On a réussi ! On est libres !

Je le repousse, doucement aussi :

– Ouais. Libres de continuer à errer dans la Vallée, sans téléphone portable, au milieu des bêtes sauvages…

– T'as raison. C'est retour à la case départ.

– Avec un nouveau danger qui rôde, en plus du Coyote : quand il va se réveiller, il va nous pourchasser, l'autre fou ! Si jamais il arrive à se libérer…

– D'ici là, on sera en train de rêver sous nos couettes !

Je hoche la tête, puis on va se réfugier un peu plus loin.

Et on s'affale carrément au sol, pour se remettre de nos émotions.

Josh prend ma main et la serre. Un tout petit peu trop fort – ça me rappelle la corde autour de mes poignets. Mais je ne dis rien ; c'est pas le moment de mettre une sale ambiance.

Je me relève pour me dégourdir un peu les jambes.

C'est seulement quand je pose ma main sur la paroi de la falaise que je sens qu'une bestiole est en train de me courir sur le bras. Une araignée ?

Non, plus gros. Un... *Aaaaaaah !!!*

Je m'agite dans tous les sens, en sautant sur place et en secouant les mains. Trop tard : une douleur inouïe éclate sous ma peau, comme si on m'enfonçait un clou rouillé dedans !

– Josh ! Je me suis fait piquer !!!

Je vois l'ombre de cette horreur filer dans un trou de la roche, après avoir fait son sale coup.

Josh est déjà debout, en alerte, près de moi.

– Luna !?

– Je me suis fait piquer, là, à l'instant. J'ai super mal, Josh. Ça me brûle dans tout le corps !

– Piquer par quoi ? T'as réussi à voir ?

– Un scorpion, Josh. Je suis sûre que c'était un scorpion.

– Viens là, montre-moi ta main.

Mais dans ce désert de nuit, on devine plus qu'on ne voit – des ombres en mouvement, ma blessure en noir et blanc, sous la faible lumière d'une alliée qui ne fait que ce qu'elle peut : la lune.

Josh tente de me rassurer, mais sans y croire lui-même, je m'en rends bien compte. Il bredouille, sa voix se coince comme s'il allait pleurer… Je m'adosse à la paroi, avant de m'en écarter brusquement en repensant à mon agresseur en fuite – il est peut-être encore dans le coin, prêt à piquer de nouveau ? Beurk.

En tout cas, la douleur est moins vive.

– Josh, j'ai l'impression que ça passe. Oui, ça va un peu mieux.

– Luna… je connais un peu les piqûres de scorpion. Ce n'est pas que ça va mieux. C'est juste ton corps qui commence à s'engourdir…

- 12 -
L'ENTRE-DEUX

Je suis **nul**. Jamais j'aurais dû dire ça !... Sortir ma science idiote à ce moment-là, quelle idée miteuse ! Tout ça parce que j'ai fait un exposé sur les scorpions à l'école. C'est sûr que j'en connais un rayon. Symptômes, nom de l'animal en latin et tout le bazar. Malheureusement, ça ne sert à rien : sauf l'inquiéter encore plus.

Depuis tout à l'heure, je m'efforce de me remémorer le fruit de mes recherches. C'est un de mes atouts, alors autant essayer de l'exploiter : et dans ma tête, l'air de rien, je fais un bilan rapide de la situation.

Le scorpion le plus dangereux dans le désert d'Arizona, c'est le scorpion d'écorce. J'ai mis deux jours à apprendre la prononciation de son nom savant, *Centruroides sculpturatus*. Ça ne le rend pas plus sympa – quand tout ça sera derrière nous, on lui trouvera un petit nom plus marrant. Parce que, oui, ça *ira* mieux. On va venir nous chercher, Luna sera soignée à temps et on pourra les finir, nos vacances. Devant la télé, tiens, au fond de sa caravane, à engloutir des chips avec sa chère « Odette ». Rien de dangereux, sauf pour les neurones, à très haute dose.

Au fait, un truc chouette me revient : *aucune mort par piqûre de scorpion n'a été recensée depuis plus de quarante ans.* En voilà, de l'info qui rassure. Le scorpion a deux sortes de venin, une pour tuer sa proie, l'autre pour chasser un animal qui le dérange. Je suis sûr qu'on est dans le deuxième cas. Luna a dû le surprendre, il a eu peur, voilà. Oui, sûr.

– Tu sais Luna, je crois que... Luna ? Luna, tu réponds ?

Je ne sais pas depuis combien de temps je suis là, à répéter bêtement mes cours de sciences, mais en tout cas, Luna s'est endormie. J'essaie de la réveiller : c'est bien ce qu'il faut faire dans ces cas-là, non ? J'ai vu ça dans plein de films, « *Reste avec nous, parle-moi, parle-moi !* ». Dans *Titanic*, par exemple, quand Jack se retrouve dans une eau à zéro degré... Oui, bon, pense à autre chose, Josh ! Pense à un film qui finit bien !!

– Luna, réveille-toi.

Je la secoue. Elle émerge.

– Crevée... dormir... plus mal...

– Luna, comment tu te sens ?

– Je... ne sens rien. Plus de douleur... rien.

Je pince sa main, elle ne réagit pas du tout. C'est ce que je craignais, c'était le chapitre 4 de mon exposé... « *perte de sensibilité et sensation de chatouillement dans les parties du corps plus éloignées de la piqûre...* ». Ensuite, des troubles de la vue, une difficulté à déglutir et à parler, la contraction involontaire des muscles.

Il nous faut des secours, et vite.

D'ici là, je dois trouver un endroit plus sûr que cette mini-grotte inutile.

En levant les yeux, je remarque une cavité, une sorte d'abri ouvert, en hauteur. Ça me semble bien. Il va falloir réveiller Luna, la réveiller vraiment cette fois, et l'aider à grimper jusque-là.

– Luna, accroche-toi à moi. Passe ton bras autour de mon cou. On va un peu plus haut, regarde, on sera à l'abri des bêtes.

Elle ouvre les yeux et grimace.

– D'accord. Mais on ira se baigner après, hein ? Hein, Solal, ça te dit ?

– Luna, tu divagues. C'est le nom de ton frère, ça. C'est moi, Josh. On est dans le désert, tu t'es fait piquer par un scorpion. Tu te rappelles ?

– Solal, j'ai fait un cauchemar… Appelle maman…

Bon. Ce sont les symptômes normaux, je ne dois pas paniquer. Je l'aide à se maintenir debout, elle parvient à marcher en se traînant.

Après être monté en premier, je la tire vers moi d'un coup sec en l'attrapant par l'autre main, celle qui parvient encore à serrer la mienne.

On y est, perchés plus haut, un tout petit peu protégés. J'espère…

En tout cas, Sloppy Joe ne pourrait jamais monter ici : pas très athlétique, notre Buffalo Bill !

J'installe Luna par terre, la tête posée sur un petit monticule de sable. Je m'assois. Et bientôt, je repense aux traditions indiennes ; aux motifs qu'on trace au sol dans certaines cérémonies. Des messages pour les divinités, histoire de gagner leur protection.

T'as rien à perdre, mon pote. Essaie. Rappelle-toi comment faisait grand-mère… elle nous avait montré.

Allez, au boulot. J'arrache une brindille de cactus et, à la lumière de la lune, près de ma Luna de nouveau endormie, je dessine dans le sable les motifs navajo du *hozho* : la cérémonie de guérison !

Normalement, je n'ai pas le droit ; c'est réservé à certains membres de la tribu ou à leurs apprentis. Mais je n'ai pas ça sous la main, alors tant pis. Je fais sans. Pour ce soir, ce sera moi le « medecine-man ».

Pour ma Luna.

Je me souviens qu'il faut dessiner des éléments de la nature, étoiles, lac, petits arbres, et puis des personnages et les signes cardinaux. Faute de mieux, je trace des motifs liés à notre aventure... Des pics rocheux, le soleil, la lune, Coyote qui attaque, Shilah qui s'enfuit. Je ne suis pas un grand artiste, je le sais bien. C'est plutôt les sciences, mon truc, mais personne ne va me donner une note, pas cette nuit, tandis que je m'efforce de mettre les dieux navajos de mon côté. Je dessine aussi un grand cercle avec Luna et moi au centre, et

puis pour finir je trace l'œil du Soleil, le dernier bon souvenir de cette journée. Et j'attends... j'attends.

C'était si beau, ce moment, quand Luna a levé les yeux et découvert les mille couleurs de la roche pendant que le soleil commençait à se coucher ! Ça me paraît très loin, comme un vieux souvenir d'enfance ; un souvenir d'aujourd'hui.

– SOLAL !

Luna s'est redressée brusquement. Elle délire complètement. Elle me prend encore pour son frère...

J'aimerais tellement entendre le bruit du 4X4 de King Arthur ! Oh oui. Je ferais des grands signes, je crierais de toutes mes forces et on serait sauvés.

Au lieu de ça, je n'entends que le silence de la vallée. Un silence de mort.

Je tremble.

Ne pas m'endormir à mon tour, surtout. Il faut résister. Ce serait trop bête que les secours arrivent et que je ne sois pas réveillé pour leur faire signe ! Pour tenir, je me mets à chanter. Tout ce qui me vient. Elvis Presley,

Madonna, les Kooks, l'hymne américain, des chants indiens, du Kayne West et puis, pour finir, ma chanson préférée de Dingo et Max.

Je chante et je chante, tout bas, au creux de l'oreille de Luna, en espérant que ça repousse ses mauvais rêves, son délire, sa fièvre. Dans ma tête, j'essaie de calculer le nombre d'heures passées depuis la fuite de Shilah. C'est difficile de garder la notion du temps, en pleine nuit, en plein désert. Mes ancêtres auraient su dire l'heure à la minute près, rien qu'en reniflant l'air ou en pointant leur doigt vers le ciel. Mais je suis un Navajo moderne, moi, un « entre-deux », comme dit ma mère. Mi-Indien, mi-Américain. Je connais les traditions, j'aime bien ça, mais la communication avec la Nature, les Esprits, la magie et tout le reste, je n'y comprends pas grand-chose. Cette nuit, pourtant, ça me serait bien utile.

À vue de nez, je dirais qu'on galère depuis cinq ou six heures ; il est peut-être minuit ou une heure du matin. Ou peut-être pas du tout. Ce qui est certain, c'est que les ennuis ont commencé avec ce fichu Coyote. Tout allait bien avant son arrivée. C'est de sa faute ! Ou peut-être pas du tout. Je n'en sais plus rien. Et si c'était juste un chien-loup ? Et si j'avais paniqué... pour rien ?

Je ferme les yeux, ça se mélange dans ma tête. Les souvenirs de cette journée, les histoires racontées tout à l'heure, Coyote, le scorpion, Spider-Woman, la Femme qui Change, notre chute de cheval, les reflets de lune sur le visage de Luna, mes dessins dans le sable. Je ne sais plus où on est, je n'arrive plus à chanter pour rester éveillé, mes yeux sont lourds...

Je flotte dans cet entre-deux.

Je... je... je...

Bonus 5

Un peu d'Histoire – pour mieux connaître les Navajos. Bon, si tu n'aimes pas l'Histoire, tu peux aussi sauter ce bonus (mais franchement, tu aurais tort !).

À savoir, tout d'abord : « **Navajo** » est le nom donné par les Blancs aux Indiens de cette tribu. Ils préfèrent utiliser leur vrai nom : « **Dineh** ». Voici leur histoire en quelques dates…

1492

Christophe débarque en Amérique. Il croit avoir atteint les Indes : il donne donc le nom « d'Indiens » aux habitants de ce pays. Ils sont plus d'un million, réunis au sein de plusieurs centaines de tribus.

AU 17ᴱ SIÈCLE

La situation (qui était plutôt calme jusque-là) dégénère : des guerres éclatent entre les nouveaux colons venus d'Espagne, de France, d'Angleterre, de Hollande, et les Indiens d'Amérique qui se défendent. Leurs récoltes sont brûlées, leur bétail est tué.

AU 19ᴱ SIÈCLE
« LA LONGUE MARCHE »

Les États-Unis « déportent » des milliers d'Indiens (on les oblige à quitter leurs Terres et à s'installer ailleurs) et met en place le système des « réserves » pour mieux contrôler ces populations et s'emparer de leurs territoires.

AU 20ᴱ SIÈCLE

La situation évolue : en 1924, les Navajos obtiennent la citoyenneté américaine et d'autres droits (comme celui d'être propriétaires d'une maison). Des traités de paix sont signés.

AU 21ᴱ SIÈCLE

Aujourd'hui, la nation navajo a son propre président et son gouvernement. Ils peuvent édicter leurs propres lois. Si une grande partie de la nation vit dans la réserve, beaucoup ont choisi d'habiter à l'extérieur.

LES CROYANCES

Les Navajos sont américains mais ils se sentent profondément navajos ; ils respectent les traditions indiennes.

Dans leur religion, il y a le culte de la Nature, des vents et des cours d'eau. Leurs dieux interviennent parfois dans les affaires humaines. Des offrandes leur sont faites et des danses sont exécutées pour eux. Les chansons, les prières et les peintures de sable font aussi partie de ces rituels.

Pour les Navajos, la Nature est une chanson ; tout ce qui appartient à la Nature est une chanson. Ainsi les arbres chantent, les animaux également, les nuages et le vent aussi. Les planètes et l'univers tout entier sont des chansons. Les Navajos pensent que certaines personnes peuvent communiquer avec les esprits – en chantant avec eux, justement : on les appelle les « medecine-men ».

- 13 -
LUMIÈRE BLANCHE SUR FOND ROUGE

Combien de temps j'ai dormi ? Dur à dire. Comme pour le reste : plus aucune notion du temps.

À côté de moi, Luna vient de pousser un cri rauque ignoble, venu de je ne sais où, en tout cas pas d'un coin où on aurait envie de passer ses vacances. J'ai tellement peur !

Elle est toujours là, fiévreuse, collée à mon épaule. Elle transpire et délire de plus en plus – pas la petite hallu rigolote de quand elle m'a pris pour Solal. Plutôt le genre film d'horreur. Je rêve tellement de me pincer un bon coup pour me réveiller chez moi, lit douillet, moquette épaisse et veilleuse de Mickey allumée comme quand j'étais môme !

– C'est toi ?

Luna s'est brusquement assise ; elle me regarde, enfin pas tout à fait. Plutôt comme si j'étais transparent. Les yeux dans le vague, elle me… *passe à travers*. Sa peau est pâle, d'après ce que j'en vois à la lueur de la lune ; on dirait un maquillage d'Halloween.

Elle répète :

– C'est toi ? T'es enfin là ?

– Oui, c'est moi, Luna. Calme-toi. Je n'étais pas parti, ça va.

Elle m'agrippe par le cou, en respirant très fort, par le nez.

– Odette ! Aide-moi ! Me laisse plus... Il est là, il rôde !!!

Non, c'est pas vrai... Elle croit que je suis Odette !? Solal, encore... mais son doudou ?! Ça serait l'occasion de rire un bon coup (sauf que non, pas du tout : ça me donne la chair de poule – c'est le cas de le dire)... Le venin attaque méchamment ma Luna.

Chad, King, hé ho : c'est le moment de rappliquer, les gars !

– Luna ? C'est Josh. On sera bientôt chez nous.

– Odette, je sens qu'il est là. Tout près. J'ai peur.

Je prends sa main dans la mienne, j'essaie de trouver les mots pour la calmer. Mais je sens bien que je parle trop vite, trop fort, en bafouillant. J'ai sûrement encore plus peur qu'elle. Panique à bord. De qui elle parle, au fait ? Si ça se trouve, elle a vraiment vu quelqu'un, ou... quelque chose ? Si ça se trouve, Coyote est de retour ! Si ça se trouve...

Et voilà, c'est parti : mon imagination tourne à plein régime, j'ai des visions de mon pauvre Shilah au fond d'un ravin en train de se faire croquer les flancs par un Coyote avide de sang, et j'imagine ce monstre cherchant son dessert : nous.

Luna s'est rendormie aussi vite qu'elle s'était réveillée.

Je préfère ça, finalement.

Il faut agir. Je *dois* trouver une solution !

À cet instant, je me souviens de ma grand-mère qui soignait des petites blessures avec de la sève de cactus – ou de la feuille de cactus, je ne sais plus très bien. Oui, elle faisait une sorte de pâte qu'elle étalait sur les plaies de ses chiens ou de ses chèvres. Je ne l'ai jamais vue nous soigner comme ça... mais je n'ai pas vraiment le choix, pas vrai ? Autant tout tenter !

Sautant de notre cachette, je fouine un peu pour arracher deux-trois feuilles de cactus. Je me pique, bien sûr – pour la bonne cause. Puis je remonte « chez nous », du cactus plein les poches. Est-ce que je ne suis pas en train de faire *n'importe quoi*, là ? Est-ce que je ne deviens pas fou ?

– Tiens, ma Luna. Donne ta main : Josh le sorcier va te la soigner, ta vilaine piqûre !

Je sais bien, Luna ne va pas me répondre, elle est loin dans son cauchemar. Mais ça m'occupe. Ensuite, j'improvise, je coupe les feuilles en deux et les frotte à l'endroit où le scorpion a piqué.

Maintenant : attendre.

– *Calme-toi Josh, calme-toi.*

Je me parle à haute voix, pour me rassurer.

Quelle divinité navajo je pourrais invoquer ? Les motifs dessinés dans le sable n'ont rien donné : on est toujours perdus dans le désert, toujours seuls au monde. Aucun ancêtre, aucun dieu n'a accouru à notre secours. Rien. Et on va mourir là, deux idiots de gamins partis en balade digestive dans le désert d'Arizona et en route vers une des mille et une façons d'y mourir ! On va nous débusquer dans dix ans, vingt ans ou un siècle, deux squelettes main dans la main… Ce rocher portera

nos noms et le circuit en 4x4 dans Monument Valley fera le détour par ici, pour que les touristes le prennent en photo !

Une mort débile. Débile comme moi et mes idées romantiques à deux billets de Monopoly ! Je voulais l'aventure et un baiser d'amour au coucher du soleil, je me retrouve à donner la main à un fantôme qui me prend pour sa poule en peluche.

Apparemment, ma « cactus-thérapie » ne fonctionne pas plus que mes invocations : la main de Luna gonfle toujours. Franchement ? Je vois pas ce qui pourrait nous arriver de pire.

Ça alors, s'il y a des dieux indiens dans le coin, c'est des marrants : au moment où j'ai pensé ça, pile, j'ai reçu des gouttes de pluie sur le front. Un éclair vient de découper le ciel en deux, dans un énorme bruit de tonnerre, la vraie colère céleste... Il *pouvait* donc y avoir pire : un orage d'été s'abat sur le désert. Et à le voir monter en puissance, j'ai même l'impression que la nature a décidé de me montrer ce qu'elle sait faire : les éclairs jaillissent de partout, pire qu'un soir de 4 juillet !*

Impossible de s'abriter. Des trombes d'eau s'abattent sur nous. Tout en tirant Luna vers moi pour la protéger, je rampe au fond de notre grotte perchée. Oh, bon sang, je voudrais bien hurler tout ce que je pense à la nature et à ces fichus dieux indiens, mais

>>>>>>>>>>>>>——•

* Aux États-Unis, le 4-Juillet, c'est un jour de fête : l'Independence Day. Des feux d'artifice sont tirés partout dans le pays.

je me retiens, question de politesse... et de lucidité, je suppose.

Un coup de tonnerre. Qui se rapproche.

Non, mais je délire ou quoi ?? Là-bas, entre deux pics rocheux, je distingue... un arc-en-ciel. Un arc-en-ciel en pleine nuit ? C'est pas vrai ! Spider-Woman et sa copine la Femme-qui-change se font une petite soirée tissage entre copines ?

Souffle, Josh, souffle. Respire.

La pluie, des éclairs, un arc-en-ciel, Luna qui m'appelle Odette – et puis, tiens, il y a même un bruit d'hélico, maintenant !! Je vais me réveiller, hein ? C'est forcé !

Mais non. Et sous mes yeux, alors que je parviens à peine à respirer, le ciel s'embrase tout à coup. Des lumières éclatent de toutes parts. Je n'en reviens pas, c'est juste là, devant moi : la voie lactée semble s'ouvrir !!! Je vois un énorme *vaisseau spatial* se rapprocher du haut des montagnes !!! Un vaisseau spatial ? Non, mais c'est quoi ce cauchemar ? C'est pas moi qui me suis fait piquer par un scorpion, pourtant !

Les coups de tonnerre se font plus violents.

Et mon « vaisseau » se pose en faisant un bruit inouï, assourdissant !!! Je sens la terre trembler sous moi, un grand faisceau lumineux blanc me traverse !!!

Sur quelle planète je suis ?

D'un bond désespéré, je cours jusqu'au bord de la grotte, au bord du gouffre, au bord du monde.

Cette fois, je vais leur crier ce que je pense, à ces Indiens morts depuis des siècles, soi-disant mes ancêtres, toutes ces divinités creuses qui ne sont pas là quand on a besoin d'elles, toutes ces coutumes inutiles !

Et comme j'ai le sens de la mise en scène, je prends la pose, j'écarte les bras, je lève haut le menton, digne Jack sur son propre Titanic, je suis le roi du monde rouge de ma réserve ! Maintenant, je peux le faire : je HURLE, comme un fou, j'explose de rage :

– **Y en a marre ! Stooooop ! Vieux désert pourri ! Fichez-nous la paiiiiiiiix !!! Dégagez ! Rentrez chez vous, espèces de peaux rouges morts ! Je vous déteste !!!!!**

Et je retombe au sol, vidé, les yeux clos.

Prêt à encaisser la vengeance divine.

Je ferme les yeux et j'attends.

– **COUPEZ !**

Heu... Quoi ?

– **COUPEZ, BON DIEU !** C'est quoi, ce gamin qui braille en plein dans mon plan à un million de dollars ? Hein, c'est qui ce môme ???

J'ouvre les yeux.

Des dizaines de spots s'allument en bas, dans la vallée, lumières vives et blanches, éblouissantes.

Il fait jour en pleine nuit, me voilà comme un lapin pris dans les phares. Je mets ma main au-dessus de mes yeux pour comprendre ce qui se passe.

Et je comprends. Ils sont tous réunis là-bas : le réalisateur et les autres, techniciens, scriptes, comédiens, figurants, monteurs, cameramen... C'est l'équipe de cinéma, qui tourne la fameuse scène de nuit ! Effets spéciaux de compétition, orage et tout le bazar. Je regarde autour de moi : oui, tout y est.

Loin dans les hauteurs, je distingue un gars qui se précipite pour fermer la lance à incendie qui balançait sa fausse pluie. L'hélico se pose à une centaine de mètres, sur la piste. Et puis, comme si quelqu'un venait d'appuyer sur le bouton « off », l'arc-en-ciel s'éteint soudainement.

Je titube, sonné, rassuré, paniqué, perdu, retrouvé : bref, vivant.

Luna s'est réveillée – comme elle est encore dans les vapes, je la fixe droit dans les yeux en articulant le plus lentement possible :

– On est sauvés, Luna. On est sauvés... Sauvés.

Mais elle se détourne, ruisselante de sueur, et si pâle sous les spots de cinéma... Je descends du rocher et je cours vers un véhicule qui arrive vers nous. Un technicien en sort.

– C'est moi, Josh !! Je suis avec Luna, la fille de Viviane... On a eu un accident de cheval, elle s'est fait piquer par un scorpion ! Vite, appelez les secours !

– J'y vais, gamin. Vous avez dû avoir sacrément peur, vous deux.

– Oui… mais maintenant, c'est fini.

– Ouais ! Enfin, tu dis ça parce que tu n'as jamais vu Jefferson Stone-Allister piquer une colère à cause d'une prise ratée ! Bon courage, petit.

Sans doute qu'il parle du réalisateur. J'ai dû lui coûter cher avec mon cri dans la nuit, en plein milieu de sa scène d'action… tant pis !

D'autres voitures se garent près de moi. Une femme se rue sur moi, me serre, s'agrippe : Viviane, la mère de Luna. En panique.

– Qu'est-ce qui s'est passé, Josh ? Depuis quand vous attendez comme ça ?

Tout en la conduisant vers Luna, je lui résume notre aventure : la balade, Shilah, Coyote, Sloppy-Joe, le scorpion et le reste. Je passe juste sur certains détails, comme moi en Odette sous la lune étoilée.

Complétement hébétée, elle ne me répond rien, mais continue à s'accrocher à mon bras.

L'équipe médicale du tournage est déjà auprès de Luna, en train de lui prodiguer les premiers soins.

– Ça va aller ? Elle va s'en sortir ?

– Petit, repose-toi. Ta copine a besoin d'être transportée à l'hôpital. Les secours arrivent, on les rejoint sur le parking à l'entrée.

La mère de Luna téléphone à Chad – qui, en fait, était déjà en route pour nous récupérer : apparemment, il vient de trouver Shilah seul et blessé devant l'enclos, et il a aussitôt pris son 4X4 pour venir à notre secours, sans savoir dans quel coin on était partis se promener.

– C'est la fin du cauchemar, Madame. On a eu si peur, si vous saviez…

– Je m'en doute, Josh. Et moi qui maquillais tranquillement ma star dans sa caravane. Pendant que mon bébé se faisait piquer par cette bestiole !

Viviane tient la main de Luna, et monte avec elle dans le camion qui démarre en trombe.

Ça s'agite autour de moi. L'équipe remballe tout le matériel ; ils ont décidé de reporter le tournage de la scène à demain soir. Je vois les techniciens tirer les câbles, déplacer les caméras et charger les véhicules.

« On en a pour trois heures à tout ramasser, merci les mômes ! » râle un des gars.

Je me sens épuisé. Je pose mes fesses sur une caisse de matériel…

… quand je sens une main sur mon épaule.

– Hey, le kid ! Tu sais combien elle m'a coûté, ta petite tirade ?

Jefferson Stone-Allister, LA star des réalisateurs de films à gros budget, surgit près de moi, bien décidé à m'expliquer un peu la vie. Je me demande si je ne préférais pas Coyote, finalement.

– Désolé, monsieur. On ne savait pas. On ne *pouvait* pas savoir. Et puis… Luna a…

– Été piquée par un scorpion, je sais. Et la chute de cheval, je sais aussi. Et l'acteur fou. Ma maquilleuse m'a expliqué ça. Un bon scénario pour un prochain film !

– Merci monsieur… Je… Merci.

– Arrête avec tes remerciements, petit. Par contre, ne t'avise plus jamais de me gâcher mes prises comme cette nuit !!! Pigé ?

– OK. Merci monsieur.

– Je t'ai dit d'arrêter. Appelle-moi Jeff. Au fait, tu connais le titre de mon film ?

– Oui : « Mille et une façons de mourir en Arizona ».

– Ha ha ! Toi et ta copine, vous avez bien failli en inventer une de plus ! Allez, à demain.

Riant encore de sa bonne blague, il file vers sa voiture où l'attend un des acteurs.

Des personnes de l'équipe viennent me parler, me demandent de leur raconter notre aventure. Je répète pour la centième fois comment Coyote a mis Shilah à terre, à quel point Luna supporte bien les piqûres de scorpion, quel goût a le Sloppy Joe quand on le mange pas frais.

En revanche, il y a un tas de choses que je garde pour moi, pour nous, à savourer plus tard : combien elle était jolie, Luna, sous le soleil rose, comme on s'est serrés fort ; comme j'ai tremblé pour elle.

J'entends un bruit que je connais : le moteur ronflant de la vieille bagnole de mon frère.

Suivi de la sirène de la police locale.

Je vais de ce pas leur dire d'aller mettre la main sur un certain kidnappeur fou amateur de steaks d'Indiens...

Alors, ça sera vraiment la fin du cauchemar.

Coupez !

- 14 -
OUI, TOUT DE SUITE

À mon réveil, maman était à côté de moi, endormie sur mon lit, la tête dans les bras.

Je n'ai pas compris tout de suite où je me trouvais. Puis, une série d'indices m'ont mise sur la voie – faut dire que je pèse un peu dans le milieu de l'enquête express : une perfusion dans le bras, un lit pas très confortable, une chambre vert pâle avec des cadres tout moches aux murs, mon cerveau embué et un énorme pansement sur la main, je suis, je suis ?…

… Je suis à l'hôpital !

Des bribes de souvenirs me sont revenues, en vrac, et la sensation qui va avec.

Josh   Douceur   Shilah en fuite

Malheur   CORDE   COW-BOY

SCORPION   DOULEUR

ORAGE

J'ai secoué ma mère par l'épaule, doucement, afin qu'elle m'en dise plus.

Et c'est ce qu'elle a fait. Après tout un tas de câlins et de bisous, de mots doux et de caresses sur la joue, elle m'a raconté.

Shilah est rentré seul à son enclos. Mais Chad ne l'a trouvé qu'à la fin de la soirée. Il a tout de suite alerté son cousin, et ils ont pris le chemin de la vallée. Pendant ce temps-là, on galérait, Josh et moi – il paraît qu'il m'a pas lâchée une seconde, qu'il a fait ce qu'il a pu pour me protéger. Qu'il a eu très peur. Quand le venin s'est mis à agir, c'était pas beau à voir. Ensuite, Josh a cru qu'il avait des visions, que les dieux nous en voulaient ; il a pété un plomb et à ce moment-là, le réalisateur a crié : « Coupez ! ». Le délire de Josh n'était en fait que la scène de nuit qui se tournait, avec des effets spéciaux, un camion qui balançait de la pluie, des bruits de tonnerre, un faux arc-en-ciel et un hélico. Moi, pendant ce temps-là, je rêvais d'un coyote qui rôdait pour nous croquer les orteils. Enfin, j'ai été transportée ici, au Kayenta Health Center, un petit hôpital près de Monument Valley. Pfffiou.

* * *

Maman est allée me chercher un truc à manger, j'avais terriblement envie d'une glace vanille-cookies – celles où les morceaux de choco craquent doucement sous la dent.

Ma jambe me fait mal. Apparemment, rien de cassé, juste une grosse contusion : en gros, je serai moins belle en short, sauf pour ceux qui aiment le bleu. *Plus de peur que de mal*, m'a dit papa au téléphone tout à l'heure. Solal pleurait parce que personne ne pouvait lui donner des nouvelles du cheval.

On toque à la porte.

– Entre, maman !

– Non, c'est moi… Josh.

Il est là, à l'entrée de ma chambre. Une grosse glace pleine de crème à la main.

– Ta mère m'a dit de t'apporter ça, elle est allée t'acheter des journaux. Je peux entrer ?

– Mais bien sûr, ma chère Odette.

– Ha ha ! Ta mère t'a raconté ?? Franchement, t'as fait fort, sur ce coup-là !

– Désolée… t'aurais préféré que je te prenne pour un dieu navajo, hein ?

– J'aurais préféré qu'on ne rencontre pas ce vieux psychopathe de Sloppy Joe, que tu ne te fasses pas piquer, qu'on profite de notre balade et que tu me prennes pour… moi.

– Ouais… mais bon, on s'en sort bien, non ? Paraît que t'as super bien réagi, que tu m'as traînée dans une sorte de grotte en hauteur ?

– Un héros, tu vois !

– Merci… merci, Josh.

Je lui prends la main. On n'ose pas se regarder dans les yeux, c'est bizarre, qu'est-ce qui nous prend ? Un long silence s'installe, faut réagir, et vite !

– Et alors, ces effets spéciaux ? L'arc-en-ciel, le tournage et le reste ? À ce qu'il paraît, tu as interrompu une scène à 982 000 dollars ? Pas mal !

– Je commençais à fatiguer, j'avais l'esprit embué. Et puis je paniquais, t'avais une de ces têtes de cadavre ma pauvre !… De loin, ça faisait très… vrai ! Tout y était, les bruits, les images, les flashs, l'orage, le vaisseau. Heureusement, Jeff ne m'en veut pas trop… Il dit qu'on a le sens du scénario à rebondissements... Il a dit aussi qu'on pouvait revenir sur le tournage quand on voulait !

– « Jeff ? » T'appelles le réalisateur par son prénom, maintenant ?

– Oui, mademoiselle. La classe, hein ?

– En effet. Et Sloppy Joe – enfin, Ted S. Wallace ? Ils l'ont attrapé ?

– Oui, on doit faire une déposition demain, dès ta sortie. À lui d'être enfermé. Il l'a bien mérité, hein ?

– Tu parles ! J'en ai pour un an de cauchemars à cause de ce cow-boy en carton !

Josh s'assoit sur le bord du lit. J'en suis pas sûre-sûre, mais on dirait bien qu'il tremble. Il hésite un peu, puis il pose sa main sur moi. Nos peaux se touchent, mais avec un drap d'hôpital entre nous.

– Luna ?

– ...

– Luna, je voulais te dire... à part que c'était horrible, que j'ai eu peur, chaud, froid, mal, faim, soif, que tu as

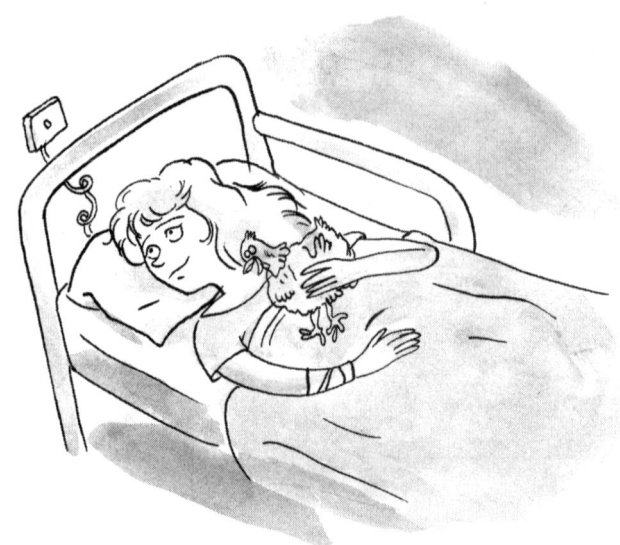

failli mourir et que Shilah est blessé… j'ai honte de dire ça, mais…

– Vas-y, finis. Dis ce que tu penses.

– Si c'était à refaire, je dirais oui tout de suite. Parce que tu étais là, et qu'à certains moments, c'était drôle et c'était bien et c'était même romantique. Voilà.

– Moi aussi.

– Toi aussi quoi ?

– Moi aussi, je dirais oui tout de suite.

– …

Josh a l'air gêné… peut-être qu'il aimerait qu'on s'embrasse maintenant, ou que je lui fasse une déclaration d'amour ? Mais je ne sais pas trop où j'en suis. Et puis, je sens le feu qui me monte aux joues avec les larmes pas loin. Je ne sais pas de quoi j'ai envie, là, maintenant : de me reposer, de penser à autre chose ou de prendre Josh dans mes bras. Je choisis de changer de sujet, en douceur :

– Comment va Shilah ? Tu as des nouvelles ?

– Oui, Chad dit que ça va aller. Le vétérinaire est passé, il a une plaie mais rien de cassé. Comme toi. On ira le voir quand tu sors, OK ?

– Ça oui ! On a vécu l'aventure tous les trois, on est des compagnons de galère.

Une infirmière entre pour me refaire mon pansement ; elle demande à Josh de sortir dans le couloir. Juste avant de partir, il se retourne et me chuchote, avec un petit signe de la main :

– Luna… À *quoi* tu dis oui tout de suite, en fait ?

- 15 -
« AYÓÓ'ÁNÍÍNÍSHNÍ »

Les trois semaines qui ont suivi notre folle escapade ont été du genre tranquille. Des vacances, des vraies. On a eu le droit de participer au tournage de LA scène, celle que j'ai malencontreusement interrompue. On a fait des balades (sans scorpion), des virées en ville pour manger des hamburgers géants (pas des Sloppy Joe !). Chad et Doli nous ont emmenés avec eux voir des concerts en ville. Les soins quotidiens apportés à Shilah nous ont occupés aussi, sa blessure est quasiment guérie.

Hier, ma mère m'a demandé « ce qu'il y a exactement entre *Tsii shch'ili* et moi ». Je n'ai pas su quoi répondre. Entre Luna et moi… c'est un peu compliqué. Et très simple en même temps. Simple parce que je suis raide dingue d'elle : accro à ses bouclettes, son accent français. Compliqué parce que j'ai très peur de devoir me passer d'elle, à la fin juillet. Demain. Simple quand on se donne la main, quand elle pose sa tête sur mes épaules, quand on se regarde longuement – liés. Compliqué quand je lui dis que je tiens à elle et qu'elle reste silencieuse. Mais bon, à notre âge, c'est un peu normal, non ?

Je n'ai rien répondu à ma mère.

Ce midi, Luna et Viviane mangent chez moi. Je passe les chercher avec Chad.

– Luna ? Madame ? Vous êtes là ?

– Entre, Josh ! On finit de se préparer !

– Partez devant, je dois me sécher les cheveux. Allez-y, les enfants. Je me ferai déposer plus tard par un des techniciens.

J'accompagne Luna jusqu'au bolide de Chad, qui nous attend au volant.

– Salut Luna ! Alors, prête pour la cérémonie du petit mariage ?

– Hein ?? c'est quoi ce truc ? Vous êtes dingues ou quoi ? J'ai pas encore mes douze ans !

– C'est pour ça que ça s'appelle « le petit mariage », c'est une tradition, un genre de fiançailles. Tout est en place, notre mère a préparé un banquet, la famille au grand complet est là-bas, on va te mettre une robe brodée et des bijoux… ça se passera bien.

Je vois que Luna cherche ses mots.

Sonnée.

– Euh ? Josh ? Attends !! C'est du délire ! On n'a jamais dit qu'on était…

– Quoi, tu lui as rien dit, Josh ?

J'interviens pour couper court à la bonne blague de Chad :

– Hahaha, très drôle, frérot. Vraiment marrant. Tu la fais flipper, là, tu vois pas ?

– Je suis bon acteur ? Je passerai des castings, alors !

– Il te fait marcher, ma Luna. Pas de « petit mariage » en vue : c'est juste un machin qu'il vient de créer de toutes pièces. Juste un repas normal avec ma mère et Doli.

– Pfff, Chad, tu m'as fait peur…

– C'est en te voyant toute stressée quand tu es sortie de la caravane de ta mère, j'ai eu envie de te faire une petite blague… sois pas fâchée, c'était drôle.

– Ouais, bof.

Luna est vexée, ça se voit. Je passe mon bras autour de son cou, et je lui souris, avec un clin d'œil en prime.

Après le délicieux repas – pains de maïs frits, haricots au chili –, ma sœur Doli joue la prof de langue navajo avec Luna et lui apprend plein de nouveaux mots.

Une demi-heure plus tard, elle sait dire « deux étoiles » : *S'onakih*. « La nuit a passé » : *Yiska*. Et puis « Comment allez-vous ? » (très dur à prononcer pour une Française, apparemment !) : *Haa'anit'é...*

– C'est bien, tu progresses, Luna ! dit Doli, pédagogue.

– Vous avez une langue hyper dure à retenir, je ne sais pas comment vous faites !

– Hé ben, on a du mal aussi. Josh et moi, on parle presque tout le temps anglais. Mais bon, on veut garder nos traditions vivantes, alors on s'accroche.

– Au musée près de l'hôtel, j'ai vu une expo avec ma mère : c'est fou, cette histoire pendant la Seconde Guerre mondiale !

Doli en profite pour placer ses connaissances en la matière :

– Ah, tu as vu ça Luna ? Ouais, notre langue est tellement difficile à prononcer que l'armée américaine l'a utilisée pour créer des codes indéchiffrables au moment de la guerre du Pacifique, grâce aux services d'Indiens navajo qui sont devenus des « codeurs ».

– Bon, tu vas pas lui faire un cours d'Histoire en dix dates, si ? Luna, je t'apprends un dernier mot ?

– Vas-y, apprends-moi à dire : « J'ai passé de très belles vacances chez vous, merci beaucoup ! ».

– Non, trop compliqué. J'ai mieux. Répète après moi : *Ayóó'áníínishní*.

Elle obéit :

– « *Ayóó'áníínishní* »…

– Pas mal !

– Et ça veut dire quoi ?

– Tu verras plus tard…

Luna répète encore *Ayóó'áníínishní* pour être sûre de bien le prononcer. Je me détourne pour cacher que je rougis et on file rejoindre les autres dans la cuisine.

Elle s'en va demain matin. Leur avion part très tôt, de Phœnix. Elles ont déjà vidé la caravane et bouclé les valises.

Ce soir, je me sens triste. Un dernier lever de soleil avec elle... et ce sera le départ.
— C'est dur, hein, *Tsii shch'ili* ?
Elle baisse les yeux, comme pour cacher les larmes qui lui viennent.
— Oui, c'est dur. Je me sens bien, entourée par vos falaises géantes. Je me suis habituée à les voir tous les jours.

– Et moi, je me suis habitué à *te* voir tous les jours. Tu me manqueras beaucoup.

– Maman a promis qu'on reviendrait, peut-être avec papa et Solal…

– La mienne a promis que je pourrais venir un été en France chez vous…

– Je promets d'écrire, d'appeler, d'envoyer des mails. Et toi, tu promets quoi, Josh ?

– De penser à toi. Ouais, voilà, je m'y engage. On signe un contrat ?

Je la laisse sur ma meilleure blague de l'été.

* * *

Je me suis levé à l'aube : pas question de manquer une seconde de Luna. J'attends depuis vingt minutes sur le parking, ma surprise en poche.

La voiture de location apparaît en haut du chemin, avec Viviane et Luna à bord. Elle se gare. Luna est là, face à moi, tremblante, mains dans les poches.

Viviane s'écarte et prend quelques photos. Elle dit qu'elle veut conserver « une trace du rose flamboyant du ciel ». Jaune soleil et terre rouge mêlés.

– Josh, t'as quoi dans ce petit sac ?

Je l'ouvre et en sors un carnet.

– C'est un répertoire que j'ai créé pour toi, exprès. Tous les mots que tu as appris, en navajo, traduits en anglais et en français. Tout y est !

Cette fois, elle pleure.

Elle feuillette ce carnet, où j'ai, à ma façon, raconté toute notre histoire ensemble, depuis la rencontre à travers la vitre d'une voiture jusqu'à notre dernier lever de soleil. J'ai noté et traduit tous les mots, ceux qui permettent de nous faire revivre le mois écoulé. Des animaux : *poule, cheval, coyote, lion des montagnes, araignée, serpent*. Des verbes : *parler, fêter, danser, manger, conduire, chevaucher, partir, tomber, protéger, risquer, délirer, mourir, crier, vivre, aimer, rire*. Des sentiments, des objets, des éléments de la Nature, des noms de divinités, de personnages, de lieux… Des centaines de mots, juste pour elle. Pour que ça reste.

– Aucune grotte ne portera notre nom, puisque l'aventure s'est bien finie ; mais je voulais garder une trace de… de…

– De nous ?

– Oui, voilà. En gros.

– Comme les motifs que tu as dessinés dans le sable, la nuit de tous les dangers ?

– Oui, c'est la même idée.

– …

Hé là ? Une minute ! C'est impossible qu'elle dise ça… Impossible !

– Luna, comment tu sais que j'ai dessiné dans le sable ? Tu délirais à ce moment-là, et j'en ai parlé à personne…

– Ben… je ne sais pas. Des choses me reviennent petit à petit, et je te revois dessiner par terre avec un pic de cactus.

– C'est… bizarre, non ?

– Je vois même un dessin en particulier. Attends, je te montre.

Luna ramasse par terre une plume qui traîne là, elle creuse un grand cercle et dessine un garçon et une fille, au centre.

– Voilà. Toi et moi, dans l'Œil du Soleil.

– J'ai exactement dessiné ça, là-bas, quand tu dormais !!

Finalement, on dirait qu'elle a marché, ma petite cérémonie de guérison improvisée. C'est fou, non ? Que tu t'en souviennes... enfin que tu aies vu ça, d'où tu étais.

Mystérieux. Étrangement mystérieux.

Il faudra absolument se souvenir de ça : garder ce moment-là. Tout semble si naturel avec elle, elle n'a même pas l'air étonnée que tout se mélange, la magie de l'autre nuit et ce qu'on vit pour de vrai, maintenant.

Luna me regarde, se colle contre moi et me serre fort. Ça, c'est bien réel. Son odeur aussi est réelle, le mélange de sa peau pleine du soleil de l'été, de la lanière en cuir de son sac, et du pain chaud. Je prends une grande inspiration (garder ce moment, garder ce moment) et je lui glisse à l'oreille le dernier mot que je lui ai appris hier :

– *Ayóó'áníínishní.*

– Ça veut dire quoi, alors ? Tu me le dis ?

– Non… tu regarderas dans le carnet, à la lettre A. Plus tard, dans l'avion. Maintenant, va-t'en. Sinon, je te garde.

Ça, c'est sorti tout seul. J'ai dit : « Va-t'en » alors que je pense : « Reste, reste ici pour la vie ». Je voudrais l'avoir contre moi, toujours.

Je répète encore une fois : « Va-t'en ».

Et je la lâche, d'un coup.

C'est elle qui revient poser sa tête sur mon cœur. Juste là. Comme si elle voulait l'entendre battre.

Je ferme les yeux. Mais c'est pour mieux la voir, je fais ça, parfois.

Et alors, je sens ses lèvres se poser sur les miennes.

Et alors, je l'entends me dire ça :

– Je te dis oui, à toi.

Quand je rouvre les yeux, elle est déjà loin.

ÉPILOGUE

On est dans l'avion et je pense à Josh. Maman essaie de me faire rire, mais je n'y arrive pas. Pas encore. Elle me rappelle ses propres souvenirs de fins de colo, quand on s'échange les adresses en se promettant des trucs « à la vie-à la mort ». Des serments d'amitié qui, tout le monde le sait, tiennent rarement jusqu'à la Toussaint…

Sauf qu'avec Josh, c'est différent et elle l'a très bien compris.

– Vous vous êtes trouvés tous les deux, hein ma Luna ?

Oui, on s'est trouvés ; on a tout de suite parlé une langue rien qu'à nous. Et à présent, au-dessus de son pays à lui, je me sens toute vide.

Si Odette était là, je lui aurais parlé, elle aurait compris. Mais bien sûr, elle n'y est pas : je l'ai cachée sous l'oreiller de Josh. C'est ma surprise. Un peu comme si je laissais un morceau d'enfance derrière moi.

* * *

J'ai attendu d'être en l'air pour ouvrir le carnet.

À la lettre A, je lis :

Ayóó'ánííníshní
I love you
Je t'aime

– C'est quoi, ce que tu lis, Luna ? demande Maman.

Je soupire, en souriant, et je réponds :

– « Mille et une façons de tomber amoureuse en Arizona ».

FIN

Yágo Do
Atsá Eagle
Béégashi Cow Vache
Bįįh Deer Daim

...itso Orange
...izh Blue Bleu

Cháá Beaver Castor

Dólii Bluebird Oiseau

Yá Sky Ciel

Ayóó áníínísh

I love you ♡

Je remercie les onze classes (et les enseignants motivés) qui ont suivi l'écriture de ce roman, dans le cadre du Feuilleton des Incos.

C'était une expérience riche, et puis drôle et émouvante.

Je ne suis pas prête d'oublier nos échanges pendant ces trois mois (de novembre 2013 à février 2014) !

Je remercie particulièrement Alexandra Guennec qui est une fée, et Tibo Bérard, mon éditeur si joliment enthousiaste.

Le feuilleton des Incos

Proposer aux jeunes lecteurs de pénétrer dans les coulisses de la création d'une histoire. C'est cette idée, à la fois simple et novatrice, qui est à l'origine du feuilleton des Incorruptibles.

Pendant plus de douze semaines, des groupes de lecteurs ont entretenu une correspondance personnalisée avec un auteur. L'objet de ces échanges ? Un texte posté tous les quinze jours chapitre par chapitre par un écrivain, passablement anxieux à l'idée d'être soumis aux jugements décomplexés des jeunes.

Le résultat ? Une histoire commentée et questionnée par deux cent cinquante lecteurs, aussi curieux qu'impitoyables, et autant de débats et échanges, questions existentielles et interrogations futiles, mots doux et bons mots…

Avec la complicité des éditions Sarbacane, le texte a été travaillé comme un manuscrit traditionnel avant de prendre le chemin des presses. C'est une aventure où l'intime et le collectif se conjuguent et se répondent pour désacraliser l'acte d'écriture, comprendre le processus de publication d'un texte, inciter à la lecture, encourager la réflexion, tisser des liens privilégiés avec un auteur et, pourquoi pas, susciter des vocations…

Association le Prix des Incorruptibles

13 rue de Nesle - 75006 Paris

01 44 41 97 20

www.lesincos.com

Groupes de lecteurs participants

Les 6ème J et les CM2 du collège et de l'école de Bourgouin Jailleu (38)

Le Club Lecture de l'Institution Ste Philomène de Haguenau (67)

Les 6ème B du collège de l'Outre-Forêt de Soultz-sous-Forêt (67)

Les 6ème A du collège Pierre Mendès France de Saint-André (66)

Les 6ème 6 du collège Pierre Fouché de Ille-sur-Têt (66)

Les 5ème A du collège Maréchal Foch de Arreau (65)

Les 5ème C du collège Auguste Renoir de Marseille (13)

La classe 509 du collège André Malraux de Fos sur Mer (13)

Les 6ème A, 6ème B et 6ème C du collège Jean-Claude Sescousse de St Vincent de Tyrosse (40)

Les 6ème du collège de Dronne Double de Saint Aulaye (24)

Les 6ème 3 du collège Arthur Rimbaud de Charleville Mézières (08)

Collection dirigée par Tibo Bérard

© Éditions Sarbacane, 2015

Tous droits de reproduction, de traduction
et d'adaptation réservés pour tous pays.
Loi n° 49-956 du 16 juillet 1949
sur les publications destinées à la jeunesse.

Achevé d'imprimer en avril 2015
sur les presses de l'imprimerie Grafica Veneta S.p.A.
N° d'édition : 0011
Dépôt légal : 2ᵉ semestre 2015
ISBN : 978-2-84865-813-1

Imprimé en Italie